SOPA DE LIBROS

Juan Ignacio Luca de Tena, 15. 28027 Madrid
www.anayainfantilyjuvenil.com
e-mail: anayainfantilyjuvenil@anaya.es

Primera edición, abril 2007
2.ª impr., junio 2008

Diseño: Manuel Estrada

ISBN: 978-84-667-6419-3
Depósito legal: M. 31528/2008

Impreso en ANZOS, S.L.
La Zarzuela, 6
Polígono Industrial Cordel de la Carrera
Fuenlabrada (Madrid)
Impreso en España - Printed in Spain

Las normas ortográficas seguidas en este libro son las establecidas por la Real Academia Española en su última edición de la *Ortografía*, del año 1999.

Sarti, Javier
Blanca y Viernes / Javier Sarti ; ilustraciones de Ximena Maier ;
— Madrid : Anaya, 2007
160 p. : il. col. ; 20 cm. — (Sopa de Libros ; 123)
ISBN 978-84-667-6419-3
1. Solidaridad 2. Intertextualidad 3. Libros 4. Interculturalidad
I. Maier, Ximena, il.
087.5 : 83-3

Blanca y Viernes

SOPA DE LIBROS

Javier Sarti

Blanca y Viernes

Ilustraciones de Ximena Maier

ANAYA

Alba Barrueco Lillo es la primera
niña que leyó esta historia.
Vicente Muñoz Puelles y Mercedes Lillo Muñoz,
esos otros niños, hicieron que la escribiese.
Por eso, este libro es para ellos.
Y para todos vosotros.

—Debes contarlo, Blanca —me decían.

Y luego:

—Escríbelo. Cuenta su historia, la historia de Viernes.

Insistían una y otra vez:

—Cuenta cómo le conociste. Y lo que ocurrió.

—Debes contarlo, Blanca.

Pero yo pensaba que no sabría hacerlo:

—Quizá no le interese a nadie —decía, para intentar escabullirme.

—Interesará. Seguro que interesará.

Y yo me resistía:

—Pero es que..., es una historia tan extraña...

—Por eso..., por eso, debes contarla..., porque tu historia y la de Viernes *será, para muchos, la más extraña historia que jamás les hayan contado.*

I

Conocí a *Viernes* cuando yo tenía diez años, hace ya unos cuantos veranos.

Unos días antes, mis padres y yo nos dirigíamos en coche hacia nuestra casa de la playa. Íbamos por la carretera que recorríamos todas las vacaciones. Y de atasco en atasco, porque siempre vamos allí en las mismas fechas: o sea, cuando va todo el mundo.

Es como si los que vivimos en las ciudades nos pusiéramos de acuerdo para trasladarnos, a la vez, a los mismos sitios. Y el resultado es que, al final, seguimos estando juntos, pero más apretados. Como ahora, que parecía que nos habíamos citado en esa carretera, pegados unos a otros... y quietos.

Llevábamos, como siempre, el coche atiborrado de cosas. Había costado mucho organizar el maletero y conseguir cerrarlo. Y todo lo que no había cabido en él lo habíamos repartido por el interior, incluido el espacio que quedaba libre en mi asiento.

Por eso, yo iba recostada contra una de las ventanillas, con las piernas sobre los fardos amontonados a mi lado, como si quisiera contenerlos para que no me sepultasen.

Recuerdo que estaba hojeando, sin querer empezarlo todavía, uno de los libros que me había llevado para esas vacaciones, y mi madre me decía de cuando en cuando:

—Blanca, no leas mientras estamos en marcha, que te marearás.

Y es que una vez me puse a leer en un viaje y acabé vomitando al borde de la carretera. Y gracias a que pararon a tiempo porque, si no, lo suelto todo dentro del coche. Desde entonces siempre me lo recuerdan. Pero es que en aquella ocasión íbamos por un camino con muchas revueltas, no como ahora, que era una autopista y, además, estábamos parados. Ese «en marcha» de mi madre parecía una broma.

Sin embargo, nunca leáis en el coche cuando vayáis por una carretera con curvas. Os lo digo en serio. Creo que nunca había vivido nada tan desagradable. Es como si tu estómago intentase asomarse por la garganta y, al mismo tiempo, algo diese vueltas dentro de tu cabeza hasta nublarte la vista.

Este viaje, sin embargo, tenía algo que lo hacía muy distinto a los de años anteriores: mi abuelo ya no venía con nosotros. Había muerto en Navidades, y aquellas fiestas fueron muy tristes para nosotros tres. Tanto como ahora su ausencia en el coche.

Me he acordado de eso al escribir que iba echada en el asiento trasero: las últimas veces él siempre había estado ahí, a mi lado, los dos sentados juntos.

Y también me lo ha recordado lo que he dicho del libro que llevaba en las manos. Porque la afición por la lectura es una de las cosas que él parecía querer inculcarme. Pero de una forma extraña..., porque mi abuelo siempre tuvo fama de ser una persona extraña.

Os contaré una anécdota relacionada con esto, ya que no me extrañaría que venga también de ahí, en parte, mi curiosidad por todo lo escrito.

Fue unos pocos años antes. Todos los días mi abuelo venía a recogerme al colegio, y me hacía compañía hasta que mis padres llegaban del trabajo. Entonces, yo le hablaba de lo que habíamos hecho en clase y, juntos, mirábamos mis libros y mis cuadernos.

Como hacía muy poco que yo era capaz de leer con alguna soltura, a los dos nos gustaba abrir un libro y que yo lo demostrase en voz alta. Él iba hasta la estantería de mis padres y traía uno cualquiera, porque decía que los que me daban en el colegio para practicar la lectura eran muy simples, y que sus frases eran muy tontas. Así que me ponía en las manos uno de aquellos volúmenes, lo abría por cualquier parte y yo empezaba a leer. Él, de vez en cuando, me corregía, sobre todo porque todavía yo no me aclaraba demasiado bien con los puntos, los acentos y las comas.

Pero un día trajo un librito muy pequeño, de tapas negras y duras, sin título ni dibujos en la portada. Me dijo que lo abriera y leyese.

Estaba lleno de unos signos muy extraños, como dibujos diminutos que yo no sabía lo que representaban. Me quedé callada y le miré.

—Anda, lee —me dijo.

Miré de nuevo el libro y me reí.

—Pero si no hay letras —respondí.

—¿Cómo que no? —me respondió—. Todo lo que ves son letras.

Miraba alternativamente a mi abuelo y al libro, sin dejar de reírme porque pensaba que me estaba gastando una broma.

Por fin, me dijo que aquellos trazos tan cuidados eran letras chinas. Y me explicó algo más sorprendente:

—Todos los libros están escritos en chino —me contó—, con letras tan bonitas y elegantes como las que estás viendo. Y es así porque los chinos inventaron la imprenta, que es la máquina con la que se hacen los libros. Pero en cuanto alguien los coge o los mira, aunque sea de reojo, las letras se disfrazan y toman la forma que conoce el que los está observando.

Yo me reí, porque estaba segura de que me estaba tomando el pelo. Pero él me dijo que no. Que me lo decía en serio.

Entonces yo le pregunté:

—¿Y cómo es que este no ha cambiado sus letras al mirarlo?

—Porque hay algunos que son un poquito torpes y no saben disfrazarse. Son muy raros, por eso lo compramos tu abuela y yo cuando lo vimos y nos dimos cuenta de que no era capaz de cambiar sus letras, ni siquiera cuando ya lo habíamos abierto.

Yo le dije que eso no podía ser, que estaba segura de que los libros estaban escritos con las mismas letras cuando estaban cerrados o abiertos, cuando los mirabas y cuando no los mirabas.

—¿Cómo lo sabes? —me preguntó—, ¿cómo puedes saber que cuando nadie los mira no están escritos con letras como estas?

Y yo no supe qué responderle.

Por fin, le dije:

—¿Y si me acerco a un libro muy despacito, sin que se dé cuenta?

—Nada —me respondió—. No conseguirás nada. Siempre se dan cuenta y cambian sus letras antes de que puedas mirarlos.

Yo entonces me acordé de que mi padre tenía unos prismáticos que se llevaba cuando nos íbamos de vacaciones. Le dije a mi abuelo:

—¿Y si me quedo muy lejos y lo miro con los prismáticos de papá?

—Desde cualquier sitio que tú puedas verlo, él te habrá visto antes. Por muy lejos que estés.

Yo me quedé pensativa, y tras un rato en que los dos permanecimos en silencio, dije como para mí misma:

—Tiene que haber alguna forma de pillarlos.

Mi abuelo tardó un poquito en hablar:

—Mira..., una vez, unos científicos lo intentaron con rayos X..., pensaron que si con ellos pudiesen mirar el interior de un libro a través de las tapas, sin abrirlo, conseguirían ver sus letras chinas. Lo prepararon todo para esa maniobra, llevaron el libro cuidadosamente al lugar que habían dispuesto..., tuvieron cuidado de no abrirlo en ningún momento..., y..., y... ¿Podrás creerte que no les sirvió de nada?... ¿Podrás creerte que el libro se había dado cuenta de todo y con los rayos X solo pudieron ver en su interior letras normales, como las que habrían visto si lo hubieran abierto?...

Aquí mi abuelo hizo una pausa, mirándome atentamente. Cuando vio que yo también tenía fija la vista en él, sin parpadear, movió la cabeza a un lado y a otro, como desalentado, y exclamó:

—¡Para que veas cómo son los libros!

Volví a quedarme callada, y entonces me dijo:

—Por eso, no dejes de coger libros, ni de mirarlos, ni de abrirlos..., a ver si tienes suerte y pillas uno como este. Pero si ves que ha cambiado sus letras y puedes entender lo que está escrito, no te desilusiones y léelo, quizá te cuente cosas interesantes, y puede suceder que, antes de que lo termines, el libro tenga un descuido y, de repente, sus letras se conviertan en chinas y ya no puedas entender nada.

Yo, mientras le escuchaba, miraba fascinada ese libro extraño.

—Es muy difícil dar con uno como este —dijo mi abuelo, como si adivinara mis pensamientos—. Quizá no vuelvas a ver uno así en toda tu vida.

Y tenía razón, todavía no he visto ninguno que, al abrirlo, conserve sus letras chinas.

El libro que estaba hojeando en el coche lo habían comprado mis padres sin que yo ni siquiera se lo hubiera pedido. Y tuvo mucha importancia para la historia que voy a contaros.

Se llama *Robinson Crusoe* y está escrito por un inglés, Daniel Defoe.

Ese día, leyendo lo que ponía en una de las solapas del libro y mirando sus ilustraciones, ya me iba enterando de lo que iba a encontrarme cuando me decidiera a leerlo. En la portada aparecía, en medio de una playa desierta bordeada de palmeras, un hombre solitario envuelto en harapos sujetos con cuerdas. Miraba el horizonte y tenía una melena que le llegaba hasta la cintura. En unas cuantas ilustraciones repartidas por el interior, se veían imágenes de barcos en medio de tempestades, y, más adelante, la playa de la portada con el mismo hombre tirado en la arena y la cabeza metida entre sus piernas, y luego había escenas de una selva, y algunas con un hombre negro...

Deduje que se trataba de un libro de aventuras que transcurría en esos ambientes. Y me gustó mucho la idea de leerlo precisamente en esas vacaciones que íbamos a pasar junto al mar, porque pensé que todo lo que leyese podría imaginármelo mejor por parecerse a lo que tendría delante de los ojos.

Otra cosa que me gustó del libro es que un pequeño prólogo explicaba que el autor se había basado en lo sucedido a una persona real para construir la novela. Y eso es algo que siempre me permite sentir más intensamente lo que voy leyendo. Pienso que no todo se debe al capricho de un escritor, y que si eso le ha sucedido a alguien, también a mí podría ocurrirme en algún momento.

Pero como ya os he dicho, durante el viaje no hice más que hojear el libro, y el resto del tiempo lo dediqué a dormitar mientras mis padres se quejaban del tráfico.

Cuando llegamos, ya era de noche. Me desperté al oír el sonido de la puerta automática del garaje. Abrí los ojos y vi a mi padre con el mando a distancia en la mano, y a mi madre que se volvía sonriendo y me decía:

—Ya hemos llegado. No sé cuánto tiempo llevas durmiendo. Hoy no habrá quien te meta en la cama.

Yo me froté los ojos con las manos y me dio la impresión de todo lo contrario, de que podría meterme en ese mismo instante en la cama y seguir durmiendo sin parar durante un buen rato.

Pero ahora debo contaros cómo es la casa, porque también eso importa mucho para esta historia.

Tiene dos pisos, con muchas ventanas que miran al mar, y desde la segunda planta se ve un bonito panorama de arena, cielo y agua. Sobre todo, a primeras horas de la mañana y al atardecer, cuando no está repleto de gente y la luz solo lo acaricia. Entonces, el sol pone colores increíbles a unas pocas nubes aisladas que parecen esconderse durante el resto del día.

La casa está rodeada por un muro no demasiado alto, y tiene un pequeño terreno alrededor. Pero no quiero cansaros con descripciones superfluas. Solo os hablaré de una parte de ella, que fue fundamental en lo que sucedió más tarde: para el espacio que quedaba libre en la parte trasera de la casa, mis padres compraron una cabaña de madera. Parecida a esas que se ven en las películas del Oeste, pero, claro, mucho más pequeña. Me la encontré un año allí, cuando llegamos, y mis padres me la enseñaron como una sorpresa que me habían preparado, mientras miraban atentamente mi reacción.

Pero volvamos a la casa.

Está situada en una calle que es casi una carretera, por la que no paran de pasar coches y motos, sobre todo en verano. Pero lo mejor es que justo al otro lado de esa carretera empieza la arena y, en seguida, llegas al agua.

Digo que eso es lo mejor porque es lo que no he dejado de oírselo decir a todo el mundo desde que tengo uso de razón. Pero la verdad, es que a mí eso siempre me ha resultado bastante indiferente: no me entusiasma la playa.

¿Sabéis cuándo me gusta realmente?..., ¿cuándo fue la única ocasión que disfruté en ella?: una vez que pasamos allí las Navidades. Estábamos solos los cuatro, mis padres, mi abuelo y yo. No había nadie en las demás casas, nadie en ninguna parte. Todo estaba desierto y el sonido del mar, por la noche, parecía la respiración de una fiera dormida. Y recuerdo que me encantó pasear por la orilla cuando la luna solo permitía ver el brillo de su espuma. Aún no he podido olvidarlo.

El caso es que ya habíamos llegado. Después de todo el trasiego de trastos y fardos, y de preparar las camas, mi madre sacó algo para cenar.

En cuanto terminamos, recogimos la mesa, salimos un momento al exterior y dimos un paseo por el terreno que rodea la casa.

Pero fue muy poco rato el que estuvimos por allí fuera. Nos sentíamos tan cansados que, en seguida, subimos las escaleras y nos fuimos a dormir.

Yo cogí el libro del que os he hablado y me metí en la cama.

Esa primera noche mientras oía las olas del mar, tan próximas, me enteré de que era el propio Robinson Crusoe quien contaba su historia, y decía que había nacido en el año 1632 en la ciudad de York, en Inglaterra, y que era hijo de un hombre acaudalado.

Para saber eso solo tuve que leer las dos primeras líneas del libro.

Después, me quedé dormida.

A la mañana siguiente, cuando vino a despertarme mi madre, me encontró todavía con el libro apoyado en el pecho y cogido entre mis manos, y me dijo:

—No comprendo cómo puedes leer tanto después del día tan cansado que hemos tenido.

Yo me levanté sin responder, porque suelo tener bastante mal humor cuando me despierto por las mañanas. Fui directamente a la ventana de mi habitación y levanté las persianas: ahí estaba el sol, tan fuerte que no pude mirar al exterior en un buen rato, y la arena y el mar, con las primeras personas paseando y bañándose a esa hora aún temprana.

Bajé a desayunar sin vestirme.

Mis padres, que estaban ya arreglados como si llevasen despiertos un buen rato, esperaron a que terminase y me dijeron que me quedara en casa mientras hacían la compra, y después nos iríamos los tres a bañarnos.

Como hacen siempre, me advirtieron que no abriera la puerta que da a la calle: ni para salir yo ni para dejar entrar a nadie.

Cuando me quedé sola, subí a mi cuarto y sentí una pereza enorme. No me apetecía hacer mi cama ni rebuscar entre mis cosas lo necesario para ir a la playa.

Encima de la mesita estaba el libro, y pensé que eso era lo único que tenía ganas de hacer: tirarme en la cama y enterarme de lo que pasaba para que la historia empezase en una ciudad inglesa y, luego, estuviese lleno de dibujos de barcos en medio de tempestades, hombres con aspecto extraño, playas y selvas.

Y ese rato, hasta que mis padres volvieron de hacer la compra, fue mi primera aproximación real a la historia de *Robinson Crusoe*.

El libro empieza con Robinson, todavía muy joven, tratando de convencer a su padre para que le permita hacer realidad lo que desde pequeño ha sido su sueño: embarcarse y recorrer los mares. Pero el hombre se niega, porque pretende que estudie y se convierta en abogado. Esto provoca grandes discusiones entre ellos.

Por fin, un día que casualmente está de visita en una ciudad vecina, se encuentra con un compañero que le invita a ir a Londres en su barco. Sin pedir permiso a nadie, Robinson acepta y se marcha con él. Y dice en el libro que ese día, por ser en el que empiezan sus aventuras marinas, fue el más fatídico de su vida.

Tras ese viaje, en el que vive su primer naufragio, sin consecuencias demasiado graves, hay otros dos. En el primero de ellos, no le va mal del todo. Pero en el segundo, su nave es atacada por unos piratas. Se defienden a tiros y con granadas, pero no pueden evitar ser apresados. Y se llevan a Robinson como esclavo del jefe de los corsarios.

Así, cautivo en África, pasa más de dos años, hasta que consigue escapar y, después de muchas aventuras, ser rescatado por un navío que lo lleva a Brasil, cada vez más lejos de su casa.

En ese país permanece durante cuatro años, y llega a hacerse bastante rico. Su vida podría haber cambiado de rumbo, pero un día le hablan de la posibilidad de embarcarse de nuevo y no puede resistirse. Pese al tiempo transcurrido, su sueño sigue siendo recorrer los mares.

Y es ahora cuando empiezan las aventuras más emocionantes del libro.

Creo que iba más o menos por aquí en mi lectura cuando mis padres regresaron del supermercado, y la verdad es que lamenté que tardasen tan poco, porque lo que realmente me apetecía era seguir leyendo.

Pero el caso es que se pusieron de mal humor cuando me vieron todavía sin vestir y tirada en la cama deshecha. Así que no tuve más remedio que ordenar la habitación y arreglarme mientras ellos guardaban la compra.

Fuimos a dar un paseo por la playa, vestidos con una ropa muy ligera encima de los bañadores, y con las toallas debajo del brazo.

Ese mismo día miraba ya el mar de otra manera. Como si el libro que estaba leyendo hubiera cambiado mi punto de vista. Ya no era solo una masa de agua en la que remojarse, juguetear con las olas y corretear por la

arena. No sé cómo explicároslo, pero era algo diferente: era un sitio peligroso por el que habían navegado barcos en medio de tempestades, con gentes que habían luchado contra piratas, les habían hecho prisioneros y les habían llevado como esclavos. Y, luego, también a través de ese mismo mar, habían conseguido escapar..., y tantas otras cosas que ni siquiera podía imaginar y que habrían pasado en medio de aguas iguales a aquellas que yo tenía delante..., frente a las que solo veía veraneantes tumbados en la arena, o jugando con balones, o armando escándalo por todas partes.

Aquella tarde, después de comer, mis padres se fueron a dormir la siesta, y me vino muy bien que me pidieran que no hiciera ruido, porque aproveché para irme con mi libro a la cabaña.

Aunque es pequeña, hay espacio para una mesita con cuatro sillas a su alrededor, una hamaca plegable y una estantería donde guardaba algunos juegos. En cada una de sus paredes, hay una ventana, por lo que entra bastante luz. Lo malo, es que es muy calurosa en verano.

En fin, como os decía, aquella tarde me metí allí con mi libro, me tiré en la hamaca y lo abrí por donde me había quedado.

Robinson, en ese nuevo viaje que emprende por mar, naufraga de nuevo. Pero este naufragio no es como aquel otro del principio, sin apenas consecuencias. Este es terrible.

Su nave encalla en las rocas en medio de una violenta tempestad, y él, junto con once compañeros más, se lanza al agua a bordo de una pequeña barca, tratando de llegar a una porción de tierra que ven a lo lejos. Pero una enorme ola los abate y caen al agua.

Todos mueren ahogados, excepto él, que milagrosamente consigue llegar hasta la playa arrastrado por la fuerza del mar.

Una vez allí, cuando consigue recuperarse, su primera reacción es sentirse alegre al verse a salvo, pero enseguida se da cuenta de lo horroroso de su situación: se encuentra en un lugar desconocido, mojado y sin ropas para cambiarse, sediento y sin nada para comer, y no ve otro futuro que morir de hambre o ser devorado por los animales salvajes.

Él mismo narra que, en ese momento, sin saber qué hacer, se puso a correr de un lado para otro, gritando como si se hubiera vuelto loco.

En los días siguientes consigue construir una pequeña balsa y va al barco en busca de provisiones. Realiza hasta doce viajes y, gracias a eso, se hace con alimentos suficientes para mucho tiempo y, lo mejor de todo, con armas y municiones que le permitirán cazar animales. Incluso encuentra oro y dinero, por lo que vuelve a la isla cargado de riquezas, y se ríe de sí mismo al comprender que allí no le sirven de nada.

Busca un lugar en el que instalarse, donde haya agua dulce y desde donde ver el mar, por si pasase algún barco al que pedirle auxilio.

Cuando encuentra uno apropiado, se construye con troncos casi una fortaleza, para protegerse de los animales carnívoros o de los posibles salvajes que pudieran llegar a la isla.

A partir de ahí va sobreviviendo a base de cazar tortugas y cabras. A estas últimas incluso llega a criarlas él mismo para no tener que correr tras ellas. También se fabrica instrumentos para trabajar la tierra y se hace una pequeña huerta. Con todo esto, y con diversas frutas que va descubriendo por la isla, se da cuenta de que no tendrá problemas para sobrevivir, al menos en lo que a comida se refiere. Hasta el punto de decir que su mesa está mejor provista de alimentos que si tuviera a su alcance los mejores mercados de Londres.

Pero un día se pone enfermo, con fuertes fiebres. Tirita de frío mientras el sudor recorre su cuerpo. Pasa los días a la sombra de los árboles, sufriendo y sin poder moverse, y las noches transcurren en medio de pesadillas. Es entonces cuando comprende lo que significa su soledad, la falta de cualquier ser humano que pueda ayudarlo o, simplemente, consolarle.

Más o menos hasta aquí llegué aquella tarde leyendo en mi cabaña, porque mis padres se levantaron de la siesta y vinieron a buscarme para dar un paseo por la playa.

Yo ahora trataba de imaginarme los restos del barco de Robinson en el horizonte, trataba de imaginármelo a él mismo sentado en la arena con la vista fija en el agua, trataba de imaginarme dónde habría construido su refugio..., en fin, trataba de imaginármelo todo..., pero la verdad es que allí no conseguía imaginarme nada.

La playa que tenía delante no se parecía en absoluto a la de los dibujos del libro, y en ella nunca podría suceder nada ni remotamente parecido a las aventuras que yo estaba leyendo. Allí, por donde ahora paseábamos, no había ni un solo árbol, ni se podría encontrar fruta de ninguna clase más que yendo al supermercado.

Aunque es verdad que, por suerte, tampoco había fieras salvajes, salvo las motos que pasaban por la carretera cercana armando estruendo con sus tubos de escape.

Cuando llevábamos un rato andando, nos sentamos en uno de los merenderos.

Mis padres pidieron unas cervezas a la camarera, y, cuando llegó mi turno, me quedé pensando un rato y, al final, pregunté si tenían agua de coco, porque eso le había servido a Robinson para calmar su sed. Y todos se rieron. La camarera propuso traerme una especie de batido con ese sabor, pero mis padres dijeron que me quitaría el hambre para la cena, así que terminé tomándome, como siempre, un vulgar refresco.

Por la noche, después de cenar y ver un rato la televisión, nos fuimos a la cama. Yo cogí de nuevo mi libro, pero apenas leí nada porque no había dormido siesta y me entró un sueño terrible. Así que lo dejé en la mesita de noche.

Pero antes de apagar la luz, hice una cosa de la que luego os explicaré el motivo: coloqué encima del libro mi pulsera desabrochada, de forma que uno de sus extremos coincidiera exactamente con la parte superior de la «R» de Robinson, y el otro extremo con la «e» de Crusoe. Luego, cogí mis pendientes y puse uno de ellos casi en equilibrio sobre uno de los bordes del libro, y el otro de igual manera en el ángulo opuesto.

Para que entendáis por qué hice esto tengo que volver a hablaros de mi abuelo. Y es que le echaba tanto de menos que me acordaba continuamente de todas las cosas extrañas que me contaba cuando estábamos juntos y nadie podía escucharnos.

De la misma manera que una vez me dijo que los libros estaban escritos en chino y transformaban sus letras al mirarlos, en otra ocasión me reveló que los objetos solo se estaban quietos cuando podíamos verlos.

Según mi abuelo, todas las cosas están vivas y, por eso, había que tratarlas con cuidado y respeto.

Él me aseguraba que cuando los objetos se sentían seguros y fuera de la vista de la gente, se dedicaban a hacer las cosas que tenían pendientes. Aunque lo que más les gustaba era jugar entre ellos, y entonces corrían de un lado para otro, persiguiéndose o dando volteretas. Pero, al igual que sucedía con los libros, eran tremendamente rápidos en recuperar el lugar y la posición en que los habíamos dejado, y lo hacían en cuanto sentían que nos aproximábamos o que estaban al alcance de nuestra mirada.

Yo me reí, igual que con lo de los libros, y le dije que eso no podía ser.

Y también en aquel momento me preguntó:

—¿Cómo lo sabes?

Tampoco esta vez supe qué responderle. Él insistió:

—¿Cómo puedes saber que cuando nadie mira las cosas ellas se están quietas?

Pasó un rato antes de que dejase de sonreír como una tonta y le preguntase:

—¿Y si salgo de una habitación, hago ruido para que piensen que me he ido lejos y luego vuelvo muy despacito y abro la puerta por sorpresa?

—Nada —me respondió también esa vez—. No conseguirás nada. Los objetos tienen como un sexto sentido que les hace adivinar cualquier maniobra solo con que la pensemos. Antes de que pudieras poner la mano en la puerta ya estarían ellos en su sitio, como si nunca se hubieran movido.

Volví a acordarme de los prismáticos de mi padre:

—¿Y con los prismáticos?, ¿si lo intento con los prismáticos, pasará lo mismo que con los libros?

—Lo mismo.

—Entonces, ¿nunca hay manera de pillarlos?

—Solo por casualidad, como a los libros defectuosos. Alguna vez te encontrarás cosas en lugares que no les corresponden, o que no están donde tú tenías la seguridad de haberlas dejado. Cuando lo cuentes, te dirán que eres una despistada, pero también puede ser que esos objetos se hayan distraído y no hayan llegado a tiempo a su sitio. Si te sucede eso, cógelo y míralo fijamente: verás que permanece inmóvil y trata de aparentar tener el mismo aspecto de siempre. Pero, en realidad, está disimulando. Si mantienes la vista sobre el objeto durante unos instantes notarás que se siente un poco avergonzado de que lo hayas descubierto.

Así que esa noche coloqué así el libro, mi pulsera y mis pendientes porque, de vez en cuando, trataba de hacer realidad lo que mi abuelo me había contado. En esas ocasiones, al despertarme por la mañana, seguía fingiendo durante un rato que dormía, hasta que, de pronto, abría los ojos y miraba si todo había tenido tiempo de ponerse tal y como estaba antes de dormirme. Y casi nunca sorprendía nada fuera del sitio. Aunque algunas veces sí: algunas veces uno de los pendientes estaba en la mesita, al lado del libro, como si no le hubiera dado tiempo a subirse de nuevo. Entonces, lo cogía, lo miraba de cerca, y, efectivamente, fingía ser el mismo pendiente de siempre.

Pero yo creo que, como decía mi abuelo, había algo en él que lo delataba, algo que indicaba que, en realidad, sentía como un poco de vergüenza.

Los días siguientes transcurrieron, más o menos, como lo habían hecho siempre, verano tras verano.

Mis padres se iban encontrando poco a poco con sus conocidos de todos los años, quedaban con ellos para ir a la playa, o para cenar juntos. Y me insistieron, también como todos los años, para que jugara con los hijos que tenían más o menos de mi edad. Pero a mí la verdad es que no me apetecía. Después de todo un año sin vernos, era como si no les conociera de nada. Sin embargo, de vez en cuando tenía que ceder y reunirme con ellos.

Pero aprovechaba cualquier momento para seguir con la lectura de mi libro.

Recordaréis que me quedé cuando Robinson se puso muy enfermo en la isla. Pues bien, el caso es que se cura. Con el tiempo y con mucho esfuerzo, adquiere nuevas habilidades; se da cuenta de lo complicadas que son algunas cosas que aquí, donde vivimos nosotros o donde él vivía antes del naufragio, parecen tan sencillas.

Por ejemplo: para fabricar una mesa muy simple necesita tres días solo para cortar un árbol lo suficientemente grueso, dos más para limpiarlo de ramas, y otros tantos para cortar una tabla de suficiente espesor. Y aún tenía que hacer las patas.

Robinson lleva cinco años en la isla y se ha acostumbrado tanto a su nueva vida que, leyendo lo que cuenta, una llega a preguntarse para qué querría ser rescatado. Dice que ya sabe hacer todo lo necesario para llevar una buena vida y, medio en broma medio en serio, que se siente como el señor de toda la isla: dueño de la vida y de la muerte de todos sus súbditos y sin un solo rebelde al que enfrentarse.

Y entonces describe a quienes forman la corte de ese rey en que se había convertido, y que se sientan alrededor de su mesa mientras él come: un loro (el único con permiso para hablar), un perro (que ya era viejo) y dos gatos. Todos esperando que sea generoso y les arroje algo de comida.

Pero lo mejor es el aspecto de Robinson en esa etapa de su vida.

Cuenta que lleva un sombrero de una altura tremenda, fabricado con piel de cabra, al que había adherido por detrás otra pieza para protegerse el cuello del sol. Y, de esa misma piel, se había cosido una falda que le llegaba por debajo de las rodillas. Y, alrededor de ella, una especie de cinturón del que colgaban una sierra y un hacha. Pero lo más llamativo es que el cabello le llegaba a la altura de las rodillas.

Yo seguía sin quitarme de la cabeza el libro mientras estaba con mis padres en la playa. Y seguía pensando que era imposible que el mar que Robinson miraba con odio por haber sido el origen de todos sus males, y, también, con ansiedad porque en él se encontraba su única esperanza de ser rescatado, fuera el mismo que yo ahora veía repleto de gente saltando alegremente sobre las olas... No era posible que un mismo elemento cambiase tanto de un lugar a otro, de una época a otra, de unos ojos a otros: de los ojos de un pobre náufrago a los ojos de una niña que de pronto me parecía mimada por la vida y lamentablemente alejada de cualquier aventura.

Aún no sabía que mi propia aventura, quizá la aventura más importante de mi vida, se encontraba muy próxima, a la vuelta de la esquina. Y casi en un sentido literal.

Mientras tanto, me conformaba con recordar el mar que vi aquellas Navidades con mis padres, con recrear de nuevo en mi imaginación el sonido de aquellas olas nocturnas y el brillo de su espuma a la luz de la luna.

Así sería el mar que Robinson veía y escuchaba todo el tiempo.

El caso es que Robinson descubre huellas de pies descalzos en la playa. Y lo más curioso es que, en ese momento, en lugar de alegrarse, siente terror, y su primer impulso consiste en huir al interior de la selva para ocultarse.

Yo al leerlo me pregunté por qué reaccionaba así: ¿por qué ese miedo?..., ¿por qué corre a esconderse?..., ¿por qué se refugia de otros hombres en lugar de correr a su encuentro?

Os lo diré de forma muy breve: él conoce la zona del mundo en la que se encuentra y quiénes vivían allí en esa época.

Piensa que esos habitantes de la otra orilla solo pueden ser salvajes y, seguramente, caníbales.

Y debido a que esa tierra lejana está habitada, Robinson vivirá el acontecimiento más importante de su existencia como náufrago.

Robinson ya lleva viviendo veintitrés años en la isla cuando un día ve llegar a su playa una barca con un grupo de salvajes de piel negra y cabellos rizados. Los está observando desde un escondite y ve que llevan a un prisionero de la misma raza que ellos al que se disponen a dar muerte.

Pasa un tiempo reflexionando sobre lo que debe hacer: si permanecer escondido y esperar a que se marchen, o, por el contrario, intentar salvar la vida de aquel pobre infeliz del que veía su cara de terror, y adivinaba su pánico.

Entonces se produce un suceso inesperado: el prisionero escapa corriendo de sus verdugos y lo hace justamente en dirección al lugar donde él está observándolo todo.

Por fin, toma una decisión: Robinson sale al paso de los que le persiguen y los derriba con su arma de fuego.

El hombre que huía se detiene asombrado, pues nunca había oído un disparo ni, mucho menos, conocía sus destructores efectos.

Robinson le convence con gestos pacíficos para que se acerque a él mientras sus captores suben en sus barcas y huyen de la isla.

Ahora son dos para mirar el mar y soñar con su rescate. Pero esto no aumenta en nada sus posibilidades de hacerlo realidad. Ni siquiera pueden entenderse, pues hablan lenguas distintas.

Poco a poco, Robinson, gracias al tiempo que lleva en la isla y a la práctica que ha adquirido para resolver los problemas que se presentan a diario, va enseñando una serie de cosas a su nuevo compañero. Entre ellas, algunas palabras que les permitan comunicarse.

Y una de las primeras cosas que hace es ponerle nombre: le llamará *Viernes*, en recuerdo del día de la semana en que ambos se encontraron.

Aquí termina todo lo que voy a deciros del libro. Para el resto será mejor que lo leáis vosotros mismos.

A partir de ahora tengo que ceñirme a mi propia historia.

II

Ya hacía algunos días que había terminado de leer sus aventuras y, sin embargo, Robinson y *Viernes* seguían ocupando buena parte de mis pensamientos.

A veces me quedaba ensimismada mirando un barco que pasaba a lo lejos, pensando cómo podría atraer su atención si necesitara ser rescatada. Quizá porque, en el fondo, deseaba precisamente eso, que me rescataran y me llevaran lejos de aquel bullicio veraniego en el que me veía a menudo rodeada de gente desconocida y bastante escandalosa.

Fue por entonces cuando, una mañana, mientras estaba desayunando en la cocina, mis padres me llamaron a gritos para que fuera a ver lo que en ese momento estaban emitiendo en televisión.

Era un programa de noticias y, al principio, no pude entender el motivo de que me llamasen, ya que las imágenes eran muy tristes, y no solía gustarles que yo viese ese tipo de cosas.

Pero, en cuanto me acerqué, ellos apartaron mi atención de lo que sucedía en primer plano para decirme que me fijase en lo que se veía a lo lejos:

—¡Mira! —dijo mi madre—. ¡Aquella del fondo es nuestra casa!

—¿Qué casa? —le pregunté yo, todavía medio dormida.

—¿Cómo que qué casa? —me respondió con tono urgente, como si temiese que cambiasen la imagen antes de que yo pudiera reconocerla—. Esta. Esta casa. ¿No la ves allí? Mírala..., al final de la playa...

Y entonces me di cuenta. Efectivamente, reconocí aquel grupo de construcciones que se veía a lo lejos, un poco borroso. Entre ellas estaba la casa donde ahora mismo nos encontrábamos, y me produjo una sensación extraña verla desde fuera mientras estábamos dentro, e imaginar que si me asomaba a la ventana podrían verme mis padres e incluso yo misma. Les dije que iba a hacerlo, pero me detuvieron antes de darme la vuelta:

—No seas tonta. ¿No ves que ahí aún no es de día? Eso lo han filmado hace ya rato, al amanecer.

Era cierto. Miré hacia el exterior y el sol ya rebotaba intensamente sobre la arena y el agua, mientras que en la imagen de la televisión solo había una media luz aún difusa.

En ese momento me fijé en lo que estaba sucediendo en las imágenes.

Se veía una barca con aspecto desvencijado, toda la madera estaba medio podrida y rota en varios puntos. En el interior había más de un palmo de agua, y allí, en ese líquido que parecía sucio, permanecían tumbados y amontonados un buen número de hombres y mujeres de piel negra, con aspecto de estar desfallecidos y, algunos, quizá muertos. Otros salían de la barca con gestos de cansancio y dolor, ayudados por un grupo de personas con distintos uniformes: policías, médicos, enfermeros..., todos llevaban chalecos salvavidas y corrían de un lado para otro, porque además de los que estaban en el fondo de la barca y de los que descendían a duras penas de ella, había más personas en la arena, algunas se movían pesadamente, otras yacían completamente inmóviles.

El locutor contaba que esa pobre gente había ido a la deriva durante días hasta llegar a la costa, algunos de ellos ya en estado muy grave por todas las penalidades y privaciones sufridas durante el trayecto. Pese a eso, hubo quienes ha-

bían intentado huir, corriendo por la playa, al ver que habían sido descubiertos, pero sus fuerzas debían de ser escasas y no habían conseguido llegar muy lejos.

Pero la voz que narraba todo eso era para mí algo parecido a una música de fondo en la que apenas me fijaba, porque lo que realmente centraba mi atención era la enorme tristeza de la escena, esas personas vestidas con ropas andrajosas, que apenas podían tenerse en pie..., y sobre todo sus caras, esas caras que reflejaban tantísimo sufrimiento.

Recuerdo que no dije nada durante bastante rato, hasta que, al final, sin apartar la vista de la pantalla, pregunté:

—¿De dónde vienen?

Mis padres permanecieron un rato callados, antes de que él me respondiera con solo tres palabras:

—De muy lejos —me dijo.

—Pero..., de muy lejos..., ¿de dónde?

—Del otro lado del mar —respondió ahora mi madre.

—¿Del horizonte? —pregunté todavía.

—No, mucho más lejos —me dijeron.

Y entonces recordé otra conversación que tuve tiempo atrás con mi abuelo, y prometo que será la última que os cuente.

Hace algunos años, estábamos un atardecer él y yo sentados en la arena cuando vimos un barco que pasaba a lo lejos, en la última línea del mar y recortado sobre el cielo. Él me dijo:

—Fíjate. Parece que ese barco se va a caer al otro lado del horizonte.

Yo lo miré. Al rato, pregunté:

—¿Qué hay detrás del horizonte?

—No puede saberse —me dijo él—. El horizonte es el infinito. Por mucho que nades o camines, se va alejando de ti y nunca llegas a alcanzarlo.

Me quedé de nuevo callada durante un rato, sintiendo como un vértigo de curiosidad, hasta que volví a preguntarle:

—¿Y nadie lo ha visto?..., ¿nadie ha ido nunca más allá del horizonte?

Ahora fue mi abuelo el que se quedó unos instantes en silencio, y, un poco después, como si le costase hablar, dijo:

—Una vez..., cuando yo era muy joven..., tenía un grupo de amigos..., y uno de ellos dijo que él iba a enterarse de lo que había más allá del horizonte..., y los demás nos reímos..., le gastábamos bromas..., le decíamos que era un ingenuo por creerse capaz de semejante aventura..., hasta que un día se hartó de nuestras risas y dijo que a la mañana siguiente lo haría. Fuimos todos a la playa para despedirle, sin dejar de tomarlo a burla. Pero él se subió a una barca que tenía preparada y empezó a remar..., y a remar..., y a remar..., y los demás permanecimos quietos, sin movernos del sitio y con la vista fija en él, viendo cómo se alejaba..., convirtiéndose en un punto cada vez más pequeño, hasta que mucho tiempo después le vimos que llegaba al horizonte..., como ese barco que ahora tenemos delante, y, de pronto..., fue increíble..., de pronto... ¡Desapareció! Como si se hubiera caído por el otro lado..., y todos nos quedamos con la boca abierta..., casi sin atrevernos a decir lo que era evidente: lo había logrado.

Se quedó callado de nuevo, hasta que le pregunté:

—¿Y volvió?

—Sí. Volvió.

—¿Y qué había... detrás del horizonte..., en el infinito?..., ¿qué os contó?

Reflexionó un instante y me respondió:

—Nada. No nos contó nada. Nunca nos contó nada de aquel viaje.

—¿Nada? —dije, decepcionada—, pero... ¿no le preguntasteis?

—Sí. Le preguntamos muchas veces. Pero nunca nos dijo nada. Cuando le interrogába-

mos, se ponía muy serio..., como triste..., agachaba la vista, y, al poco rato, decía que tenía que marcharse.

A mí me costaba aceptar aquel final de la historia:

—Pero... ¿de verdad nunca os lo contó? —no dejaba de insistirle.

—Nunca —me respondía mi abuelo una y otra vez—. Siempre hacía lo mismo, se quedaba callado y como con pena. Como si no quisiera recordarlo.

Nos quedamos los dos otra vez en silencio durante un buen rato, mirando al horizonte. Un poco más tarde, recuerdo que mi abuelo, al verme tan concentrada en mis pensamientos, me removió el pelo con una de sus manos y me dijo, sonriendo:

—No te pongas tan seria. Estas cosas que te cuento no deben de preocuparte. Lo de mi amigo, igual que lo de los libros que cambian sus letras, o los objetos que se mueven mientras no los miras son solo juegos... para que pienses un rato, para que tengas siempre en cuenta que solo conocemos lo que podemos ver, tocar, oír, oler..., y como las personas somos tan presumidas creemos que no existe nada más..., pero hay muchas más cosas..., cosas que suceden o pueden suceder..., y de las que no sabemos nada.

Sin embargo, yo aquella noche no pude dejar de pensar en lo que aquel amigo de mi abuelo habría visto más allá del horizonte..., y seguí pensando en ello muchas noches después.

Ahora, mientras estaba viendo con mis padres las imágenes, pasó por mi cabeza la idea de que quizá podía haber encontrado la respuesta que nunca obtuvieron de ese amigo. Quizá estas personas venían del infinito, y quizá lo que él vio allí fue algo parecido a lo que nosotros estábamos viendo ahora en la televisión..., y por eso se quedó callado el resto de su vida..., por eso se entristecía cada vez que le preguntaban.

Aquella misma tarde mis padres se fueron a casa de unos conocidos y me dijeron que si quería ir con ellos. Les respondí que prefería quedarme, y no pareció molestarles, porque en la casa a la que iban no había niños de mi edad y yo les habría supuesto más un estorbo que otra cosa.

Se marcharon no sin advertirme, como siempre, que no se me ocurriera ir sola a la playa, y que no abriese a nadie que llamase a la puerta.

Pero no hubiera hecho falta que me dijeran nada de eso, porque lo que a mí realmente me apetecía era quedarme y elegir de una vez un nuevo libro de lectura que apartara un poco mis pensamientos del recuerdo de Robinson y *Viernes*. Y que los apartara también de las imágenes que había visto esa mañana en la televisión, porque de alguna manera, unos y otros se juntaban y relacionaban, en unos y otros coincidían elementos comunes: barcas, mar, gente desesperada...

Subí a mi cuarto, cogí todos los libros que había traído y me los puse bajo el brazo para ir con ellos a mi cabaña.

Antes de salir de la casa, pasé por la cocina, abrí la nevera y saqué del congelador un helado.

Recorrí el jardín y abrí la puerta de mi cabaña. Crucé el umbral y, antes de abrir la primera de las ventanas, oí un sonido a mis espaldas que me hizo detenerme en seco. Giré la cabeza rápidamente y tuve tiempo de vislumbrar en el rincón más cercano a la puerta un ligero movimiento de la hamaca. Permanecí quieta unos instantes, sin dejar de mirarla y pensando si no sería algún animal que podría darme un buen susto si se le ocurría salir corriendo de su escondrijo.

Decidí que tenía que irme y cerrar la puerta de nuevo, para contárselo a mis padres cuando llegasen y que ellos se encargaran de resolver el enigma. Pero eso suponía regresar hacia la hamaca tras la que se ocultaba aquello, fuera lo que fuera.

Sin embargo, el misterio se resolvió en cuanto di dos pasos.

Como si quisiera comprobar quién había entrado y si ya le habían descubierto, surgió de detrás de la hamaca, poco a poco..., no sé cómo explicároslo...; en fin, era... la cabeza más negra que nunca en mi vida había visto.

De hecho, supe que era una cabeza porque vi el brillo del blanco de unos ojos asomándose por el borde superior de la hamaca, mientras el resto se confundía con la oscuridad de ese rincón de la cabaña.

El miedo me dejó clavada en el sitio, sin atreverme a dar un paso en ninguna dirección. Y el intruso, al ver que me quedaba mirándole fijamente, poco a poco fue asomando el resto de su cuerpo.

Un resto más bien escaso, porque se trataba de un niño menor incluso que yo, un niño negro que no tendría más de ocho años.

Pese a eso, me entró miedo y volví a pensar en abandonar el lugar lo más rápido posible, pero en cuanto di otro paso hacia la salida, o sea, hacia él, debió de interpretarlo como que iba a hacerle algo o a dar una voz de alarma, porque salió precipitadamente de detrás de la hamaca, cogió por el respaldo una de las sillas que rodeaban la mesa, y echó los brazos hacia atrás con ella, como amenazándome con darme un buen golpe.

Me quedé otra vez parada en el sitio, sin saber qué hacer..., y, entonces, a través del papel noté en mi mano el frío del helado que había cogido de la nevera y que empezaba a descongelarse. Me fijé en su cara, que ahora podía ver mucho mejor, y me di cuenta de que tenía la frente llena de gotitas de sudor..., así que no se me ocurrió otra cosa que tenderle el helado. Pero se quedó mirándolo como si no supiese muy bien de qué se trataba. Entonces, rompí el envoltorio y le enseñé lo que contenía. Tampoco pareció reconocerlo, por lo que yo misma le di un bocado y lo saboreé un momento antes de ofrecérselo de nuevo. En cuanto vio que aquello era algo comestible, desprendió una de sus manos de la silla y, sin soltarla de la otra, estiró el brazo y lo cogió bruscamente. No lo tomó por el palo, sino por la parte recubierta de chocolate, con lo que, por lo derretido que ya estaba, lo aplastó. Pero no pareció importarle, porque en un mismo movimiento se lo llevó a la boca y se lo metió casi entero

en ella. Se puso perdidos los labios y la barbilla, y algunos goterones le cayeron por el pecho.

—¿Tienes hambre? —le pregunté en cuanto dejó de relamerse.

Pero no respondió nada.

—¿Quieres que te traiga comida?

Siguió callado.

Pensé que quizá no me entendía, así que pasé mi mano haciendo círculos por la tripa y volví a preguntar:

—¿Hambre?..., ¿sed?

Y él debió de comprender, porque afirmó varias veces con la cabeza.

Con las dos manos le hice un gesto para indicarle que esperase y se tranquilizase. Pareció entenderme porque, poco a poco, dejó reposar la silla en el suelo. Yo dejé sobre la mesa los libros que todavía llevaba en la mano, y, muy despacito, llegué hasta la puerta sin que él hiciera ningún intento de detenerme.

Salí y fui a la casa. En la cocina busqué apresuradamente algo que llevarle y cogí lo primero que vi: un paquete de galletas y una botella muy grande de agua; no busqué más. Con eso regresé a la cabaña, porque no quería que pensase que había huido o que estaba delatando su presencia.

En cuanto le tendí lo que le había llevado, lo primero que hizo fue dar un largo trago de la botella de agua, y, luego, cogió el paquete de galletas, rompió el plástico que las envolvía y empezó a comérselas con ansiedad, igual que había hecho con el helado.

Yo le miraba, sin decir nada. Separé una de las sillas de la mesa y le indiqué que se sentase, pero no me hizo caso.

Entonces, me fijé en sus ropas. No eran más que una simple camiseta y unos pantalones cortos, las dos prendas como muy ensanchadas y viejas, arrugadas y rotas en algunos puntos. Estaban salpicadas de manchas blancas, como de sal pegada y, en algunos rincones, tenían restos de arena.

Y, como si de repente se iluminase una idea en mi cerebro, comprendí quién era y cómo había llegado hasta mi cabaña: tenía que tratarse de uno de los que esa mañana habían llegado en aquella barca que habíamos visto por televisión, y uno de los que el locutor dijo que habían intentado huir. Pero él lo había conseguido.

Estuve mirándole hasta que apartó lo que quedaba del paquete de galletas a un lado. No me había dirigido la mirada en todo el tiempo que estuvo comiendo, y solo lo hizo ahora, con una mirada que quizá quería ser dura pero que, en el fondo, resultaba triste, muy triste..., como la que había visto en todos los que venían en aquella barca.

Como no sabía qué hacer, me limité a abrir la hamaca tras la que se había escondido y junté las manos llevándomelas a la mejilla, al mismo tiempo que cerraba los ojos, para indicarle que podía tumbarse en ella y descansar. Pensé que lo necesitaría. Él no hacía otra cosa que mirarme, sin decir nada.

Por fin, empujé hacia él los libros que había llevado a la cabaña, para indicarle que se los prestaba. Luego, muy despacio, fui hasta la puerta y la cerré tras de mí, dejándole dentro.

Esa noche, cuando mis padres llegaron a casa, les pregunté de sopetón:

—¿Qué harán con esa gente de la barca?

Me miraron extrañados y tardaron algo en responderme, como fingiendo no saber muy bien a qué me refería. Yo me di cuenta de que quizá tendría que haber disimulado un poco más mi interés, porque a ellos les preocuparía que pudieran haberme obsesionado aquellas imágenes. Y ya se estarían arrepintiendo de haberme llamado para que las viera con ellos.

Pero yo necesitaba informarme antes de tomar cualquier decisión.

—Pues la verdad es que no lo sé muy bien —dijo al fin mi padre.

Y sospeché que ese desconocimiento era fingido, que no era posible que mi padre ignorase eso, cuando solía responder con seguridad a cualquier pregunta que le hiciese.

—¿Cómo que no lo sabes? —insistí.

—Pues no..., no lo sé.

Así que no me inspiró ninguna confianza y, después de dudar durante un rato, decidí que todavía no les contaría nada del niño negro.

Pero tampoco podía olvidarlo. Por eso, cuando se pusieron a preparar la cena, fui a la cocina y pregunté de nuevo:

—¿Los encierran?

Y noté que su respuesta no era espontánea, porque siguieron con sus cosas sin ni siquiera mirarse entre ellos. Fue mi madre la que me respondió esta vez:

—Deja de pensar en eso. No le des tanta importancia.

—Pero... ¿por qué no me decís lo que hacen con ellos? —insistí, ahora ya irritada.

Mi padre se volvió, como decidiéndose a prestarme atención:

—Escucha..., no sé lo que hacen..., al menos, no lo sé exactamente..., los llevarán a algún sitio donde alojarlos..., y los cuidarán hasta que se pongan bien.

—¿Y luego?

—Luego..., pues..., nada..., no les harán nada malo..., no te preocupes por eso.

—¿Los meterán en la cárcel?

Mi madre sonrió:

—No..., estate tranquila que no los meterán en ninguna cárcel.

—Entonces..., los tirarán a la calle.

—No. Tampoco los tirarán a la calle.

—Pues algo harán con ellos, ¿no?

Mi padre dudó y, al fin, dijo:

—Supongo que... cuando se encuentren bien... los llevarán al lugar del que han venido...

Y yo me acordé inmediatamente de lo que me había contado mi abuelo, y pensé que eso era lo peor que podían hacerles..., devolverlos a ese lugar que vio su amigo, ese lugar en el infinito, más allá del horizonte y al otro lado del mar... tan horrible como para dejarle sin habla. Tenía que serlo para que llegasen en ese estado..., tenía que serlo para subirse a esa barca miserable y pasar todas esas penalidades con tal de escapar de allí..., tenía que serlo para que el niño negro se hubiera escondido en la cabaña y permaneciese encerrado en ella con tal de que no lo atrapasen...

Ya no pregunté más. Aprovechando que se volvieron de espaldas para dar por zanjada la conversación, cogí disimuladamente una cajita de queso en porciones y dije que iba un momento a la cabaña porque me había dejado allí mis libros.

Era ya de noche y llegué hasta la puerta casi completamente a oscuras. En aquel momento, por esa oscuridad y por el silencio que presentía tanto fuera como dentro de ella, pensé que el chiquillo ya se habría ido.

Abrí muy despacio. Era imposible ver nada del interior.

Sin cruzar la puerta, dije muy despacito:

—¿Estás ahí?

Y nadie respondió. Volví a preguntar:

—¿Estás ahí?

Entonces oí un sonido tenue, como si se moviese algo pequeño y ligero.

Y, de nuevo, aún en esa oscuridad tan profunda que parecía no tener límites, sin paredes ni nada en su interior, volví a ver brillar el blanco de sus ojos. Esta vez, al fondo de la cabaña.

Desde fuera, le enseñé la cajita de queso. Él no se movió, yo avancé un poco. Como mis ojos ya se habían acostumbrado a la falta de luz, distinguí el resto del paquete de galletas y la botella de agua. Puse la cajita al lado. Cogí un par de los libros que le había dejado, para no volver a casa con las manos vacías, y le dejé el resto. Luego, retrocedí de nuevo.

Él seguía sin moverse. Y callado.

Yo pensé que tenía que decir cualquier cosa antes de marcharme, que no podía irme así, sin más. Pero no sabía cómo expresarle algo a ese niño que parecía no comprender nada.

Así que solo se me ocurrió una cosa:

—Buenas noches —dije.

Y cerré la puerta.

Después de cenar me fui a la cama, no podía estar cómoda viendo la televisión y aparentando normalidad junto a mis padres, prefería estar sola en mi cuarto.

Varias veces saqué medio cuerpo por la ventana para mirar desde allí la cabaña. Era como un barco hundido en medio de la noche. Y la quietud en que estaba sumida, sabiendo o imaginando que el niño seguía allí dentro, me creaba cierta angustia.

Oí que mis padres subían a su dormitorio y pensé en la posibilidad de escaparme al menos durante un rato para hacer una visita al niño. Pero abandoné la idea porque habría hecho demasiado ruido abriendo y cerrando puertas.

Me era imposible dormir y no hice más que dar vueltas a un lado y a otro durante varias horas. Hasta el amanecer. A partir de ahí mi cabeza se convirtió en una pista por la que desfilaban sueños tan vivos que me daba la impresión de estar despierta.

Sin embargo, no soñaba con el chiquillo ni con nada de lo que me había pasado ese día: soñaba con Robinson y *Viernes* en su isla desierta. Y Robinson aparecía exactamente igual que el que estaba dibujado en las ilustraciones del libro..., pero *Viernes*, no. *Viernes* ya no era un hombre joven y fuerte: *Viernes* era un niño, un niño que podía reconocer fácilmente, el niño pequeño y asustado que esa misma tarde había visto por primera vez.

Cuando desperté, comprendí que todo se repetía: el libro que había leído y lo que estaba viviendo. Robinson tuvo que salvar a *Viernes*..., y yo tendría que hacer lo mismo.

Esa mañana me costó mucho esperar hasta que mis padres se fueron a la playa. Y también me costó bastante convencerles de que yo prefería quedarme en el jardín con mis cosas.

Cuando se marcharon, corrí a la cabaña, y, por el camino, volví a pensar que quizá no encontraría a nadie dentro. Y no sé si sentía alivio.

Pero estaba allí. En cuanto entré, abrí las ventanas y pude verlo por primera vez a la luz del día.

Los dos nos quedamos mirándonos, sin decir nada. Yo me sentía muy extraña al verme frente a él, y me pareció ridículo permanecer en silencio.

—¿Cómo te llamas? —le pregunté

Tampoco esta vez dijo nada.

Puse una mano en mi pecho y dije:

—Yo, Blanca, ¿y tú?

Silencio.

Esta vez me di dos golpecillos con la mano en el pecho, como remarcando mis palabras, y repetí:

—Yo, Blanca, ¿y tú?

Siguió mirándome, callado, y entonces me pasó por la cabeza la idea de que podría responderme «Yo, negro», y me hizo tanta gracia pensarlo que no pude evitar reírme.

Pero entonces sucedió algo estupendo: él se rio también.

Los dos nos reíamos sin dejar de mirarnos.

Y fui tan tonta que al principio creí que quizá se reía porque se le había ocurrido la misma idea que a mí. Pero comprendí enseguida que no podía ser así..., sin embargo, seguimos los dos riéndonos un rato..., y pensar que se reía solo por verme reír me alegraba y me hacía reír más todavía..., y él se reía también..., y ahora cuando escribo esto me doy cuenta de que me sentía feliz por verle reír y por ver que nuestra risa nos acercaba. Sin necesidad de palabras.

Pasamos así unos instantes. Al final, desvié la vista y vi que se había acabado todo el paquete de galletas, la caja de quesitos y la botella de agua. Me di cuenta de que no le había llevado nada y, con gestos, le dije que esperase allí unos instantes.

Fui a la casa y, esta vez, cogí a toda prisa unas cuantas conservas de la alacena, una tableta de chocolate y una cajita de pequeñas tostadas.

Se lo llevé y lo puse en la mesa.

Pasándome la mano por el estómago, como la primera vez, le dije sonriendo:

—¿Hambre?

Y ahora, él, como si algo nos hubiera convertido en amigos y le permitiese entenderme, sonrió también, se pasó igual que yo la mano por el estómago, enseñó unos dientes blanquísimos, y dijo:

—*Hm... brae* —o algo parecido.

Entonces, cogí una de las latas que le había llevado, que creo que era de sardinas, la saqué de su cajita de cartón, tiré de la anilla para abrirla y le mostré el contenido.

Él lo miró y alargó la mano. Pero entonces me di cuenta que no había pensado en llevarle ningún cubierto que le ayudara a comer, ni platos en los que volcar las conservas, ni abrelatas para algunas de ellas. De nuevo le hice gestos para que esperase y me encaminé a la casa.

Esta vez saqué un plato de uno de los armarios de la cocina, cubiertos de uno de los cajones, y, finalmente, conseguí encontrar un abrelatas.

Regresé a la cabaña, pero me di cuenta que, después de tantos viajes, había olvidado el agua.

De nuevo le hice gestos para que no se moviera y salí corriendo, fui a la casa, cogí un par de botellas y aproveché para llevarle también un paquete de servilletas de papel.

Cuando entré en la cabaña, noté que yo estaba sudando, y que respiraba como si hubiera participado en una carrera de obstáculos, y que él me miraba con ojos perplejos, seguramente sin poder explicarse el motivo de tanta ida y venida.

Me senté en una de las sillas, pensando en la facilidad con que mi madre me preparaba todas las cosas cuando me iba de excursión, sin que jamás me faltase ninguna. Era mucho más complicado de lo que nunca hubiera imaginado.

Pero solo un instante después caí en la cuenta de que mis padres podían regresar en cualquier momento, y que si no me veían vendrían a buscarme a la cabaña. Así que me levanté para volver a la casa.

Cuando estaba a punto de salir, pensé otra vez que debía despedirme de alguna manera, pero todavía seguíamos sin tener una sola palabra en común. Mi intento de decirle mi nombre y conocer el suyo había fracasado estrepitosamente.

De nuevo me puse una mano en el pecho y dije:

—Blanca.

La llevé al suyo y no respondió nada. Lo intenté de nuevo:

—Blanca —insistí. Y tuve el mismo resultado.

Y entonces se me ocurrió una idea, la misma idea que tuvo Robinson cuando se encontró con su amigo en la isla desierta.

Volví a llevar la mano a mi pecho y dije:

—Blanca.

Enseguida la puse en el suyo y dije:

—Viernes.

Otra vez en el mío, y repetí:

—Blanca.

Y otra vez en el suyo:

—Viernes.

Él permanecía quieto, impasible, sin hacer un gesto que indicase que comprendía lo que quería decirle. Y, de pronto, sonrió, subió una de sus manos hasta su hombro y dijo:

—*Viehd... nejs.*

Luego, la puso en el mío, y dijo:

—*A... lanca.*

Me entraron muchas ganas de reír, pero intenté contenerme. Sin embargo, no pude, porque él estalló en una carcajada, como si le hiciera mucha gracia el oírse decir aquellas palabras.

Todavía nos reíamos los dos cuando cerré la puerta para regresar a la casa.

A lo largo de los días siguientes estuve llevándole a *Viernes* comida a escondidas. Y en casa, mi madre no dejaba de preguntarse por las cosas que desaparecían de la despensa. A veces, se quedaba mirando a mi padre muy seria y le decía que debía de estar mal de la cabeza, porque estaba convencida de haber comprado cosas que luego no encontraba. Yo unas veces me reía, pero otras me alejaba cuando ella hacía esos comentarios, porque temía que algo me delatase y se descubriese todo.

Pero no voy a cansaros con la historia detallada de cómo transcurrieron esos días... solo os contaré dos pequeñas locuras que cometí.

Siempre que iba a mi habitación para acostarme, pasaba un buen rato asomada a la ventana y mirando la cabaña en tinieblas. Me parecía más solitaria y triste que nunca desde que sabía que alguien la habitaba. Y, al mismo tiempo, imaginaba lo solo que él debía sentirse allí dentro, encerrado durante tantas horas.

Así que un día diseñé un plan.

Esperé hasta que mis padres se fueron a su dormitorio, y cuando escuché que se metían en su cuarto de baño y que ponían en marcha sus cepillos dentales eléctricos, sabiendo que entonces no podrían oírme, bajé rápidamente las escaleras, cogí las llaves que estaban colgadas en un mueblecillo adosado a la pared y abrí la cerradura de la puerta principal, que mi padre tenía siempre cuidado de cerrar antes de irse a la cama.

Tras esto, subí de nuevo a mi cuarto.

Dejé pasar un buen rato, y, cuando creí que ya debían estar dormidos, fui hasta la entrada de su habitación y apoyé la oreja en ella. Una vez segura de que no oía el menor ruido, llegué hasta la puerta de la casa, moví despacito el picaporte, salí y la dejé simplemente apoyada contra el marco, sin cerrarla de nuevo.

Creo que no sabría explicaros lo que sentí en aquel momento, al verme sola en medio del jardín, con el cielo totalmente oscuro, las estrellas sobre mi cabeza y ningún sonido a mi alrededor. Era como si el mundo se hubiese apagado y yo fuera una intrusa que penetraba en él cuando nadie debería hacerlo.

Sentí miedo. Un miedo terrible, como si me encontrara en la isla desierta de Robinson, un lugar inhóspito, poblado por fieras salvajes y en el que yo era el único ser humano. Todo lo que veía a mi alrededor eran sombras tras las que podrían esconderse presencias amenazantes.

Por eso, eché a correr hasta la cabaña. Llegué allí y abrí tan bruscamente la puerta como si huyese de un perseguidor.

En un primer momento no pude ver lo que sucedía en el interior, porque estaba todavía más oscuro que fuera, pero oí un estrépito como si algo se viniera abajo. Asustada por aquel ruido, dije:

—*Viernes*, soy yo.

Nadie respondió. Y yo estaba cada vez más nerviosa:

—Caramba..., *Viernes*, sal de una vez de donde estés..., ya te he dicho que soy yo.

Pasaron apenas unos segundos y vi asomar por debajo de la mesa sus ojos..., esos ojos que le delataban y ninguna oscuridad conseguía apagar.

Entonces comprendí lo que había producido el estruendo al abrir la puerta: lo único que se había venido abajo era *Viernes*. Le había dado tal susto con mi súbita aparición que se había caído de la hamaca al suelo y luego se había arrastrado hasta esconderse allí debajo. Seguramente pensó que le habían descubierto.

Sin cerrar todavía la puerta, dije:

—He venido a verte.

Y no sé si me entendió, imagino que no, pero, poco a poco, tras sus ojos, vi sus dientes, y quise creer que mi presencia le hacía sonreír de nuevo.

—He venido a verte —repetí.

Y ahora ya no tuve ninguna duda: sonreía. Sin saber por qué, me sentí segura, ya no me parecía que nadie me persiguiese.

Le hice señas para que saliera de la cabaña, porque allí dentro apenas podíamos vernos.

Nos sentamos apoyados en la pared de la casa y estuvimos allí toda la noche, en silencio, sin decir nada, mirando la luna que recorría muy despacito el cielo.

En algún momento unimos una cabeza contra la otra. Quizá nos dormimos durante unos minutos, por turnos o al mismo tiempo, pero luego nos mirábamos, abríamos bien los ojos y volvíamos a ponerlos en la luna.

Cuando vimos que la claridad despuntaba por encima de los árboles, los dos nos dimos cuenta de que debíamos dar por finalizada esa primera noche que pasábamos juntos. Y, como si nos hubiéramos puesto de acuerdo, estiramos un poco nuestros miembros y nos pusimos en pie.

Él se dirigió de nuevo a la cabaña y yo regresé a mi habitación.

Antes de dar la vuelta a la esquina de la casa le miré y vi que se había detenido a la entrada de su refugio.

Los dos levantamos una mano y nos despedimos.

A la mañana siguiente hubo dos cosas que llamaron la atención de mis padres: que no estuviese cerrada con llave la puerta de la casa (yo la había dejado así para no hacer ruido), y mi cara de sueño.

Sobre la primera de ellas no me dijeron nada, y, precisamente por eso, a mí me costaba mucho esfuerzo contener la risa cuando veía a mi padre rascarse la cabeza en silencio sin dejar de mirar la cerradura y, luego, asegurándole a mi madre, una y otra vez, que recordaba haberla cerrado como si se estuviera viendo en ese mismo momento, mientras ella le decía que cada día era más despistado.

Mi sueño se lo reprocharon a mis lecturas, y volvieron a repetirme que no debía quedarme leyendo en la cama hasta tan tarde. Por una vez les di la razón. Y supongo que solo lo hice porque ahora no la tenían: lo cierto era que desde que acabé mi *Robinson* no había vuelto a coger un libro. No necesitaba sumergirme en ninguna novela ajena porque estaba viviendo la propia.

Esa misma tarde llevé a cabo la segunda locura de la que os hablaba antes.

Mis padres habían quedado para merendar con unos amigos que celebraban su aniversario de boda, y en cuanto me avisaron de que no volverían a casa hasta la hora de la cena comencé a fraguar un plan.

Esperé ansiosa el momento de verles marcharse, incluso yo misma puse en sus manos el regalo que habían comprado y llegué a preguntarles si estaban seguros de no olvidar nada. Al notar la extrañeza con que me miraban me di cuenta de que, imprudentemente, había corrido el riesgo de delatarme.

Cuando salieron por la puerta, dejé pasar unos minutos y corrí a la cabaña.

En cuanto me vio *Viernes,* sentí que en su mirada había una expresión diferente, cálida, como si todavía estuviera impregnada por el recuerdo de esa luna compartida.

Le tomé de la mano y lo llevé hasta la puerta de la casa. Casi tenía que arrastrarlo y me daban ganas de reír al ver su cara de sorpresa y la resistencia que ponía en sus pasos.

Cuando abrí, intentó retroceder, pero yo le sujeté. Miraba alternativamente hacia el interior y luego hacia mí, mientras yo trataba de hacerle comprender que no debía temer nada. Al final casi lo empujé para que cruzara el umbral.

No soy capaz de describiros su expresión mientras caminaba cogido de mi mano, mirando lo que había a su alrededor con los ojos exageradamente abiertos.

Quizá muchos de vosotros penséis que, simplemente, estaría deslumbrado por los muebles, por los objetos, por los aparatos..., en una palabra: por todo ese lujo que a él le resultaría tan lejano. Pero yo creo que no era eso; él no pensaba, en ese momento, que alguien debería sentirse afortunado por poseer todas aquellas cosas..., tengo la sensación de que intuía, inconscientemente, que a su dueño no le gustaría verle caminando entre ellas.

Viernes no miraba con deseo o con envidia esa supuesta riqueza; yo creo que la miraba con miedo.

Pero yo era muy ingenua entonces y no me daba cuenta de nada, y por eso lo llevaba de un lado a otro, enseñándoselo todo y sintiéndome feliz de poder hacerlo.

Finalmente, subí con él a mi cuarto. No sé deciros por qué, pero la verdad es que me apetecía que viera mis juegos, mi ropa, mis libros... Me apetecía que viera mi vida..., la vida a este lado del horizonte y del mar...

Pero no hubo tiempo para nada de eso.

Acabábamos de meternos en mi habitación, cuando oímos que abrían la cerradura de la puerta principal. *Viernes* y yo nos quedamos mirándonos inmóviles, como dos estatuas asombradas una de la otra.

Y, al instante, oí la voz de mi madre en el piso de abajo:

—Soy yo, Blanca.

Rápidamente salí de mi estupor. No se me ocurrió otra cosa que abrir mi armario y empujar dentro a *Viernes*. Él comprendió enseguida lo que yo pretendía porque se dejó llevar y, una vez allí, se acurrucó en un lateral sin dejar de mirarme mientras yo cerraba la puerta y oíamos a mi madre subir la escalera.

—¿Qué haces metida aquí? —preguntó mi madre, asomando la cabeza.

Yo ya estaba de espaldas a ella, sentada ante mi mesa y con un lápiz en la mano.

—Dibujar —dije, simplemente, porque los latidos de mi corazón no me permitían utilizar frases más largas.

Mi madre se fue hacia su habitación. Sin moverme del sitio, y cuando sentí que el ritmo agitado de mi respiración me lo permitía, le grité:

—¿Volvéis ya?

—No —dijo mi madre desde su cuarto—. He venido a cambiarme los zapatos porque estos me estaban haciendo polvo.

Yo resoplé aliviada. Al rato, ella añadió:

—No sé cómo puedes estar encerrada con este calor.

Poco después la oí salir de su habitación y acercarse a la mía de nuevo. Sin volverme, noté que llegaba a mi lado. Me puso las manos en los hombros y me dio un beso en la frente. Casi sin apartarse, me dijo:

—Anda, sal fuera a que te dé el fresco. No estás dibujando nada.

Yo me di cuenta de que había cogido el lápiz, pero ni siquiera me había puesto una hoja de papel delante.

—Sí. Ahora voy —dije, mientras rogaba para que *Viernes* no se moviera, para que no hiciese ningún ruido.

Mi madre salió del cuarto y bajó las escaleras. Oí que abría la puerta de la casa y la cerraba tras ella.

Estuve un rato sin poder moverme.

Por fin, caí en la cuenta de que *Viernes* seguía allí dentro y que no se oía el menor sonido. De pronto, me pasó por la cabeza que pudiera haberse desmayado de miedo.

Fui hasta el armario y lo abrí.

Pero él no estaba allí.

Esa fue mi primera impresión, y durante una fracción de segundo me sobresalté. No entendía cómo podía haber desaparecido. Hasta que vi uno de mis vestidos extrañamente abombado y como suspendido en uno de los rincones del armario.

Permanecí unos instantes mirándolo, sin tocarlo, observando que una ligera respiración lo inflaba y lo desinflaba a pequeños intervalos. Entonces, lo cogí con dos dedos de uno de su extremos y lo fui levantando poco a poco.

Allí debajo estaba *Viernes*. Con los ojos más grandes y la cara más asustada que nunca había visto.

No pude evitar reírme sin dejar de mirarle. Y él vaciló durante un instante, pero enseguida sus facciones se relajaron. Entonces, se llevó apresuradamente una mano a la boca para impedir que se oyera la carcajada que yo le estaba contagiando. No lo consiguió: a través de sus dedos entreabiertos surgía como si fuese el sonido de un pajarillo extraño.

Estuvimos así un rato, yo apoyada en la puerta para no doblarme de tan fuerte como era mi risa, y él intentando a duras penas contener la suya. Recuerdo que el armario temblaba y que de los ojos de ambos salían lagrimas, y que las suyas trazaban regueros mates sobre el brillo de su piel negra. Y recuerdo, también, que cada vez que intentábamos calmarnos, nos mirábamos y entonces nuestra risa comenzaba de nuevo, todavía con más fuerza.

Pocos días después, de manera totalmente imprevista, llegó el pánico.

Y lo hizo súbitamente, pese a que yo tendría que haber sabido, desde el mismo momento en que encontré a *Viernes*, que era inevitable.

Me refiero al pánico que sentí cuando oí a mi padre decir:

—Ve ordenando tus cosas que solo nos quedan dos días, y no hay que dejarlo todo para última hora.

Solo entonces caí en lo terrible de la situación. Porque, aunque pueda pareceros increíble, hasta ese instante nunca había pasado por mi cabeza que un día cercano nos iríamos los tres, y que *Viernes* se quedaría solo, abandonado a su suerte.

Viéndolo desde aquí y ahora, desde este momento en que escribo esto, siento que fui tan irresponsable como esa mala gente que compra un perrillo y luego lo abandona. O como esos otros que se divierten alimentando alguna criatura durante sus vacaciones sin tener en cuenta que, cuando se marchen, seguirá acudiendo al lugar en que se encontraba con ellos, y entonces ya no habrá nadie. Y quizá su mirada acabe impregnada de una tristeza que no tenía antes de conocerlos.

Yo estaba comportándome exactamente como ellos. Porque, al igual que sucedería con ese animal indefenso, yo tampoco tenía la manera de explicarle a *Viernes* las razones por las que le abandonaba.

Ni por qué, seguramente, ya nunca volvería a verme.

La misma tarde en que oí a mi padre decir eso, hice algo que sé que nunca tendría que haber hecho: mientras dormían la siesta cogí de su billetera la tarjeta de crédito y fui corriendo hasta el cajero automático cercano a la casa.

Sabía muy bien cómo funcionaba todo el asunto porque, a lo largo del año, se había convertido en un ritual de las mañanas de domingo: mi padre y yo íbamos dando un paseo a comprar el periódico y a sacar dinero del cajero. Y también era un ritual que él me levantase del suelo para pulsar las teclas según aparecían los mensajes en la pantalla, incluyendo el código secreto.

Una vez tuve el dinero en el bolsillo, corrí de nuevo a una tienda cercana y pedí que me hicieran copias de las llaves de la casa.

Y, sin dejar de correr, regresé y guardé de nuevo la tarjeta en el billetero antes de que se despertaran.

No quiero cansaros con los detalles de cómo lo urdí todo. Solo os diré que, a la mañana siguiente, fui con mis padres a caminar un rato por la playa. Un poco más tarde, cuando ellos comentaron que les apetecía tumbarse en la arena y darse un baño hasta la hora de la comida, yo les dije que el sol me estaba dando dolor de cabeza y que prefería volverme. Rápidamente, me encasquetaron el sombrerito de paja que mi madre llevaba en la mano, y me soltaron la reprimenda correspondiente por haberme negado a ponérmelo durante el paseo. Pero yo lo había hecho así, precisamente, porque ya tenía previsto utilizar este argumento. Al final, accedieron, y me enviaron a casa.

De nuevo, emprendí una carrera.

Con el dinero que había conseguido el día anterior me dirigí a un supermercado donde no me conocían. Allí, empujando a duras penas un carro que era bastante más grande que yo, lo cargué de todo tipo de comestibles que no necesitasen ser cocinados. Metí en él, sin fijarme demasiado ni seleccionar nada, verduras hervidas, ensaladas, conservas de todas clases, galletas, chocolates y varios paquetes de pan.

La cajera se quedó mirándome muy extrañada cuando me vio tan cargada de cosas frente a ella, y sin nadie que me acompañara. Pero yo le sostuve la mirada. Al final, ella misma fue ayudándome a llenar las bolsas mientras otros clientes esperaban, y me pareció que en sus ojos

había una expresión que estaba a medias entre la pena, dirigida sin duda hacia mí, y el reproche, dirigido, también sin duda, a mis padres, esos desalmados que mandaban sola a una niña tan pequeña a hacer la compra.

Cogí varias bolsas con cada mano y salí.

Pese a lo corto que era el camino hasta la casa lo hice parándome a menudo, y frotándome las palmas de las manos cada vez, porque se me clavaban en ellas las asas y me hacían unas hendiduras blancas y rojas bastante dolorosas.

Nada más entrar, me dirigí a la cabaña. Viernes me miró sorprendido mientras yo entraba con todo aquello y lo dejaba en un rincón. Luego, pensé que tendría que explicarle algo pero que, una vez más, no tenía la menor idea de cómo hacerlo. Así que intenté decirle con gestos que ahora no tenía tiempo para nada y que ya volvería cuando pudiese. No sé lo que entendería.

Entré en casa justo a tiempo, porque mis padres apenas tardaron en aparecer.

Era el último día que pasábamos allí.

Por la mañana bajé a desayunar con cara de pocos amigos. Mis padres debieron atribuirlo al efecto que tenía sobre mí el final de las vacaciones porque pretendieron levantarme el ánimo diciéndome que luego iríamos a bañarnos los tres juntos. Pero les respondí que aún me dolía la cabeza y, por si no les convencía, añadí que no había arreglado mis cosas para nuestra partida, y que quería dedicarme esa mañana a hacerlo.

En cuanto se marcharon, fui a la cabaña. Cogí a *Viernes* de la mano y lo llevé a la casa.

Seguramente recordó nuestra anterior experiencia, porque titubeó al entrar, pero yo no tenía tiempo de andarme con miramientos y, agarrándole del brazo, prácticamente lo metí dentro a tirones.

Una vez allí, lo llevé directamente frente al teléfono y traté de explicarle cómo funcionaba, pero pareció resultarle un aparato menos extraño de lo que yo esperaba. Más bien, era a mí a quien observaba con expresión de no comprender mis gestos ni mi urgencia.

Entonces, saqué de un bolsillo un papel y se lo puse ante los ojos. En él había escrito mi nombre y, debajo, el número de teléfono de nuestra casa en la ciudad.

Luego, descolgué el teléfono, y apoyando un dedo sobre cada uno de los números escritos, iba marcándolos con la otra mano en el aparato. Cuando acabé, llevé el auricular hasta su oído y me fijé en su cara impasible mientras escuchaba los tonos sonando en el vacío de nuestra casa.

Esperé hasta que saltó el contestador. Entonces, su cara se transformó automáticamente en un gesto de sorpresa infinita: estaba oyendo mi voz al otro lado de la línea.

Se trataba de una pequeña broma que mis padres y yo preparamos algún tiempo atrás: fui yo la encargada, con mis vacilaciones y mi voz tan infantil de entonces, de grabar el mensaje.

Pero ahora yo no tenía ánimo ni para sonreír con aquella travesura. Seria y señalándole el aparato, le dije:

—Yo..., Blanca..., luego..., aquí.

Y él no dejaba de mirarme, sin variar su expresión.

—Yo —seguía diciéndole—, a partir de mañana..., aquí..., en teléfono.

Cada vez me daba más cuenta de que era absurdo pretender que comprendiera lo que trataba de explicarle. Pero no dejaba de insistir, y mi impotencia me llevaba a buscar combinaciones de palabras cada vez más complicadas y a hacer gestos cada vez más exagerados y ridículos:

—Yo..., cuando no aquí..., en esta casa de ahora..., estaré aquí..., en teléfono...

Al final, me rendí. Me di cuenta de que era imposible que comprendiera.

Agotada por el esfuerzo, le aparté el aparato del oído y lo colgué de nuevo.

Doblé el papel y, aunque temía que no serviría para nada, se lo guardé en un bolsillo del pantalón.

Luego, introduje en el mismo sitio la copia de la llave que había hecho dos días antes.

Todo el tiempo me miraba fijamente con sus ojos negros. Le tomé de la mano y lo llevé hasta la llave de paso del agua, que ya sabía que mis padres dejarían cerrada cuando nos fuésemos de casa. Le expliqué cómo se abría. Después, puse mi mano sobre los interruptores de la luz y le hice un gesto negativo con la mano y la cabeza: quería decirle que, cuando entrase en la casa en nuestra ausencia, no debía encenderlas.

Pero en todo momento yo tenía la sensación de que no estaba entendiendo nada, tenía el mismo sentimiento de derrota.

Y me di cuenta de que era lo único que él estaba comprendiendo, pues, de pronto, levantó una mano, la llevó hasta mi pelo y lo acarició.

Sin necesidad de que pronunciase una sola palabra, yo sentí como si con ese gesto me estuviera diciendo:

No te preocupes, Blanca..., no te preocupes tanto, lo que me haya de suceder, sucederá, no pasa nada, nada tiene importancia...

Y no pude evitar ponerme a llorar.

Aquella noche, estaba muy triste, pero mis padres debieron de pensar que era por el fin del veraneo y no me preguntaron nada.

Cuando terminamos de cenar, dijeron que teníamos que acostarnos temprano para ponernos en camino temprano.

Comprendí que, al día siguiente, con el trasiego que llevaríamos y yendo ellos de un lado para otro, me sería imposible ver por última vez a *Viernes*. Y sentí que tenía que despedirme de él, aunque solo fuera un instante.

Dije que iba a la cabaña porque tenía que recoger unos libros que me había dejado allí.

—Ahora está muy oscuro, y no vas a ver nada allí dentro. Ya los recogerás mañana por la mañana.

—Me llevaré la linterna... He de ir ahora, tengo allí el libro que estoy leyendo y quiero llevármelo a la cama.

—Más te valdría dormir directamente —dijo mi padre.

—Déjala, así mañana se pasará el viaje durmiendo en el coche —dijo mi madre. Luego, se volvió hacia mí y añadió—: Espera, te acompañaré.

—¡No! —dije, quizá demasiado bruscamente—. Quiero ir sola.

—Pero... ¿por qué quieres ir sola?

—Porque..., porque... ¡es mi cabaña!... —dije, poco convincentemente.

—Puedo quedarme en la puerta —dijo mi madre, medio riéndose.

—Anda, ve sola si quieres —dijo mi padre—, pero no tardes.

Cogí la linterna y salí de la casa.

Al abrir la puerta de la cabaña súbitamente, a esas horas, le di a *Viernes* otro de los sustos a los que ya debería haberle acostumbrado. Se levantó de golpe de la hamaca y corrió a refugiarse en un rincón.

Dirigí la linterna hacia mi cara y dije en voz muy baja:

—*Viernes*, soy yo... Blanca.

Y oí como unos gemidos de miedo al fondo de la cabaña. Mi cara, alumbrada desde abajo por la linterna, debía ofrecer una imagen espectral, y acompañada del susurro de mi voz, le estaría haciendo pensar en la aparición de un fantasma.

Puse la luz sobre la mesa. Poco a poco, salió de su rincón y se me acercó.

Permanecimos mirándonos un rato, en silencio, a pocos centímetros uno del otro.

De pronto, sentí que no tendría que haber ido allí esa noche, porque no sabía qué decirle. Y, aunque supiese, él no podría entender nada.

Entonces, me acordé de que tenía que regresar pronto a casa si no quería que viniesen a buscarme, y me pareció horrible haber provocado que nuestro último momento fuese ese espacio de tiempo mudo, vacío, sin ningún contenido.

Súbitamente, me acerqué a él, le pasé los brazos por encima de los hombros, lo apreté contra mi pecho y le di un beso en la mejilla.

Luego, sin atreverme a mirarle, cogí los libros que todavía estaban encima de la mesa para regresar a la casa.

Iba ya a salir de allí cuando no pude evitar volverme hacia él por última vez. Entonces vi cómo algo brillaba sobre su pómulo negro y me di cuenta de que era una lágrima. Como aquellas de risa que le brotaron dentro del armario. Pero muy distinta.

Bajé la vista hacia los libros que llevaba en la mano y el primero que me saltó a la vista fue *Robinson Crusoe*. Lo apreté contra su pecho sin saber por qué lo hacía. Solo sabía que tenía que hacer o decir algo, que no podía irme sin más y dejarlo con esa lágrima brillante bajando por su mejilla oscura..., y me puse a hablar a tontas y a locas:

—Toma. Quédatelo. Algún día quizá lo abras y puedas leerlo, porque estará escrito en tu lengua..., esa lengua de la que aún no te he oído ni una palabra..., porque los libros, mientras están cerrados, están escritos en chino..., pero al abrirlos tienen que ponerse en el idioma del que los tiene en las manos..., creo que es eso lo que quería decir mi abuelo..., y él también me decía que el mundo está lleno de cosas extrañas..., cosas que no podemos comprender..., como los objetos, que se mueven mientras nadie los mira..., y como lo que hay a ese lado del horizonte del que tú vienes..., que quien lo ve se queda sin palabras y ya nunca vuelve a decir nada..., y, por eso, como pasan todas esas cosas extrañas que me contó mi abuelo, tal vez un día volvamos a encontrarnos..., en algún sitio..., en alguna parte...

Seguí y seguí diciendo cosas sin sentido hasta que noté que estaba a punto de llorar, como esa misma mañana, pero ahora no podía hacerlo porque mis padres se darían cuenta en cuanto yo entrase en casa...

Cuando por fin me quedé callada, di media vuelta y cerré la puerta de la cabaña.

Al día siguiente, en el coche, iba todo el rato mirando por la ventanilla, en silencio. Apenas me limitaba a responder con monosílabos a lo que mis padres me preguntaban. Cuando ya llevábamos un buen trecho de camino, mi padre, un poco molesto por mi silencio me preguntó:

—¿A qué viene tanto mal humor, Blanca?..., parece que te hemos hecho algo.

Yo no dije nada. Fue mi madre quien habló, quitándole importancia:

—Estará fastidiada porque se han acabado las vacaciones.

—Pues tampoco creo que las eche mucho de menos —dijo mi padre—. Total, se ha pasado la mayor parte del tiempo en casa.

Mi madre se volvió hacia mí y dijo en tono de reproche:

—Y además, este año casi ni has visto a tus amigos.

Mi padre, en tono de dar por zanjada la conversación, dijo:

—De todos modos, ahí siempre nos encontramos los mismos..., no te preocupes que volverás a verles en las próximas vacaciones.

Y entonces no pude evitar mascullar, casi para mí misma:

—Nunca volveré a verle.

—¿Qué has dicho? —preguntó mi madre.

III

Durante los diez o doce días siguientes todo volvió a la normalidad. Mis padres regresaron a sus trabajos y, como yo seguía de vacaciones, me quedaba en casa hasta que se reunían conmigo. Pero era solo una normalidad aparente, externa, porque yo vivía por dentro en un estado de conmoción del que a duras penas conseguía que no se evidenciase ningún síntoma.

No podía dejar de pensar en *Viernes*. No podía apartar mi cabeza de él.

A ratos pensaba que se pasaría los días y las noches metido en la cabaña, o que algunas veces iría a la casa y entraría en ella con la llave que le había entregado.

Pero siempre solo.

Y saber que estaría así todo el tiempo, día y noche, solo e indefenso, y recordar lo pequeño que era, me dolía..., me dolía hasta el punto de que a veces me tiraba encima de la cama y me tapaba la cabeza con la almohada, como si con ello pudiese evitar que llegasen hasta mí esas imágenes que me atormentaban.

Otras veces, trataba de consolarme intentando convencerme de que al ver que nos habíamos marchado, también él se habría ido. Y que habría encontrado algún otro lugar en el que refugiarse. O que incluso estaría ahora mejor que mientras lo tuve a mi lado, porque posiblemente yo había tenido sobre él un efecto negativo..., ahora pensaba que, quizá, si no me hubiese cruzado en su vida, no se habría quedado tanto tiempo allí, en la cabaña, y habría podido ir construyéndose el futuro que había venido a buscar.

Pero entonces me disculpaba ante mí misma diciéndome que siempre pensé que estaría mejor en esa cabaña en la que se había escondido que si hubiera sido devuelto al lugar del que venía..., ese lugar al otro lado del horizonte..., del que la gente hacía cualquier cosa por escapar y que dejaba sin habla.

Y no pude evitar atormentarme, un par de veces, llamando por teléfono a la casa. Sin saber muy bien qué temía más, si que el teléfono sonase sin interrupción y me dejase en la misma incertidumbre en que me encontraba, o que lo descolgara y aumentase nuestro dolor al oírnos y no ser capaces de preguntarnos ni explicarnos nada.

Pero nadie descolgó el aparato. El timbre debió recorrer solitario el vacío de la casa.

O no..., quizá no..., quizá él estaba allí escuchándolo, a oscuras, con todas las ventanas cerradas y sin atreverse a descolgarlo..., sin saber que era yo..., sin saber que a través de ese sonido estábamos compartiendo algo, aunque solo fuese el silencio que se extendía entre ambos.

Y no podía contener las ganas de llorar.

No soy capaz de fijar la mañana en que todo se vino abajo.

Esa mañana en que sonó el teléfono.

Lo descolgué, respondí y, al otro lado de la línea, solo escuché:

—*A... lanca*

Me quedé muda un instante y, enseguida, dije:

—¿*Viernes*?..., ¿eres tú, *Viernes*?

—*A... lanca* —repitió.

—Sí..., *Viernes*..., soy yo.

—*A... lanca*

—Viernes..., por favor..., dime algo.

—*Viehd... nejs..., Hm... brae.*

—¿Cómo dices, *Viernes*?..., ¿cómo dices?..., repítelo, por favor.

— *Hm... brae.*

—*Viernes*..., por favor...

— *Hm... brae.*

No supimos decirnos nada más y, cuando colgué el teléfono, solo sentía ganas de pegarme cabezazos contra la pared. Me puse a dar vueltas por la casa como si estuviera loca o huyese de alguien..., y es que huía..., huía de esa voz que me golpeaba en el cerebro y en el alma..., y huía de mí misma, de mi impotencia, de mi inutilidad para hacer algo que pudiera solucionar lo que estaba pasando.

Solo sabía que no podía quedarme con los brazos cruzados..., pero no sabía qué podía hacer.

Y por fin tomé una decisión.

Abrí al cajón donde sabía que mi padre guardaba el dinero que sacábamos juntos los domingos. Lo cogí todo.

Me vestí rápidamente, me eché a la espalda mi mochila después de haber metido en ella el dinero, las llaves de la casa de la playa y alguna otra cosa más.

Ya iba a salir, cuando me di cuenta de que estaba olvidando algo importante.

Volví atrás, saqué un cuaderno y un bolígrafo.

Fui a la mesa del comedor y abrí el cuaderno por una página en blanco.

Tenía que escribir algo para mis padres, pero no se me ocurría qué podía decirles, cómo podía explicarles. Por fin, creo recordar que garabateé:

Tengo que salir y puede que tarde en volver. No os preocupéis por mí. No me ha pasado nada. Blanca.

Fui corriendo hasta la estación del tren.

Una vez allí, como ya había hecho ese trayecto acompañada, sabía perfectamente lo que tenía que hacer.

Saqué un billete de ida y vuelta. Comprobé los horarios y me di cuenta de que no podría coger ningún tren de regreso hasta el día siguiente por la mañana.

Mientras esperaba la hora de partida, caí en que iba a llegar con las manos vacías. En el bar de la propia estación compré tres bocadillos y pedí que me los envolvieran: aún resonaba en mi cabeza esa palabra, *Hm... brae*, que *Viernes* había repetido varias veces como una llamada de auxilio.

Hice todo el trayecto contando una a una las estaciones, sintiendo que nunca ese recorrido había sido tan largo ni se había detenido tanto tiempo el tren en cada parada.

Cuando, por fin, llegué al apeadero, volví a emprender camino a la carrera.

Aunque ya estábamos cerca del final del verano, el sol caía con una fuerza tremenda. Yo no tenía la cabeza para nada más que para pensar en llegar cuanto antes, por lo que ni siquiera me preocupaba de buscar las aceras con sombra.

Desde la estación hasta la playa había bastante distancia, y yo corría y corría sin detenerme, con la mochila golpeando en mi espalda mojada por el sudor.

A veces, cuando llegaba al principio de una calle en cuesta, me daba la sensación de que no podría remontarla sin pararme a descansar, pero me decía a mí misma que luego me costaría más todavía reemprender la marcha, así que me forzaba a no aflojar mi carrera diciéndome que, cuando llegase arriba del todo, me encontraría una pendiente en sentido contrario. En muchas ocasiones, así era, y, entonces, mi cuerpo aprovechaba todo el impulso de la bajada. Pensaba que iba a caerme de bruces y acabaría rodando por el suelo, porque mis piernas no podían moverse tan deprisa.

Finalmente, sin apenas poder respirar, con la ropa y el pelo tan empapados como si acabase de salir del mar, llegué a la puerta de la valla.

Y, entonces, no pude evitar detenerme un momento, apoyada en la entrada: pensaba en mi aspecto y no quería que *Viernes* me viera así.

Al cabo de solo unos segundos, entré en el jardín.

Todo estaba aparentemente igual a como lo habíamos dejado. Como si nadie hubiera pisado aquello en nuestra ausencia.

Vi que las puertas y ventanas de la casa estaban cerradas.

La rodeé y, desde la esquina, observé la cabaña.

Allí, en su sitio de siempre, a pleno sol y con todas sus aberturas clausuradas, me pareció otra vez más silenciosa y solitaria que nunca.

En algún momento me pasó por la cabeza que quizá *Viernes,* después de esa llamada telefónica que debió pensar que no había servido de nada, se habría marchado.

Me aproximé lentamente.

Dudaba sobre si llamar a la puerta o abrirla directamente. No sabía cuál de las dos cosas le asustaría más si todavía estaba allí dentro.

Por fin, me detuve apenas a un metro de distancia y, desde allí, dije:

—Soy yo, *Viernes*.

Agucé el oído y pude escuchar unos leves sonidos en el interior.

Poco a poco, la puerta se abrió, apenas una rendija.

Y allí, por delante de esa oscuridad interior, casi tan negra como el resto de su cara, apareció el brillo de sus ojos.

Pero fue apenas un momento, porque en cuanto me vio frente a él, cruzó la distancia que nos separaba y me abrazó:

—¡*A... lanca*!

Era infernal el calor que hacía dentro de la cabaña. Por el suelo estaban desparramados los envoltorios de la comida que le había dejado antes de irme y un par de botellas de agua vacías.

Salí para llenar una de ellas en la toma de riego más cercana y volví al interior.

Puse los bocadillos encima de la mesa.

Viernes desenvolvió el que le quedaba más próximo y, sin mirar lo que contenía, le dio un bocado enorme.

Masticó durante unos segundos ávidamente, con la mirada baja, perdida en algún punto de la mesa, seguramente sin preguntarse siquiera por el sabor de lo que estaba comiendo.

Pero en el momento en que tragó ese primer bocado y se disponía a hincar de nuevo los dientes en el pan, se detuvo, me miró y, con la mano que tenía libre empujó hacia mí otro de los bocadillos.

Le sonreí mientras negaba con la cabeza. No había tomado nada desde el desayuno, pero lo cierto era que no tenía hambre.

Me dio la impresión de que se quedaba algo decepcionado ante mi negativa y, cuando empezó a comer de nuevo, me pareció que también debía sentirse incómodo teniéndome allí, frente a él, en silencio, mirándole. Así que cogí otro de los bocadillos y, en cuanto me vio, fue como si en su expresión seria se desenvolviera también una sonrisa enorme. Una sonrisa que se amplió todavía más al verme dar el primer mordisco y a la que yo le respondí con otra igual.

Acabamos cada uno nuestro bocadillo sin dejar de mirarnos cada poco rato y reírnos cada vez que lo hacíamos, como si estuviéramos inventando algún juego o cometiendo una pequeña fechoría sin consecuencias.

Ya estaba anocheciendo cuando me decidí a hacer algo que no podía seguir retrasando.

Tomé el camino de la casa y vi que *Viernes* me seguía. Le iba a decir que se quedase en la cabaña, pero pensé que no merecía la pena el esfuerzo de hacerme comprender ni el riesgo de que me malinterpretara y pensase que iba a marcharme de nuevo. Entramos y fui directamente al teléfono. *Viernes* se quedó a mi lado.

Marqué el número de mi casa.

Descolgó mi padre.

El tono de su voz al contestar, urgente, brusco, me dejó unos instantes en silencio y estuve a punto de colgar el aparato sin decir una palabra.

—Papá... —dije, al fin.

—¡¡Blanca!!..., pero... ¡¿pero se puede saber qué estás haciendo?!

No sabía qué responderle.

—Papá..., no te enfades.

—Blanca..., no me enfado..., pero..., ¡por favor, dime qué es lo que está pasando!

—Papá..., he tenido que salir de casa..., y no podré volver esta noche.

—Pero..., pero... ¿qué sucede?..., ¿qué es lo que ocurre?

—No sucede nada, papá, te lo prometo.

—¿Estás bien, Blanca? Dime si estás bien.

—Estoy bien... De verdad... Estoy muy bien.

—¿Con quién estás?

Titubeé un instante.

—Con nadie.

—¿Con nadie? ¿Cómo que con nadie?

—No estoy con nadie —insistí.

—Blanca..., por favor..., dile a quien esté contigo que se ponga al teléfono..., dile que queremos hablar con él.

Miré a *Viernes*.

—Estoy sola, papá.

—Blanca..., por favor...

No pude decir nada.

—Blanca..., te lo ruego...

La voz de mi padre se cortó en una especie de gemido tan triste que noté como si se rompiese algo en mi interior.

Oí un movimiento en el auricular y, al momento, la voz de mi madre:

—Blanca..., cariño..., ¿estás bien de verdad?

Un nudo agrio se me había puesto en la garganta al oír ese tono suplicante de las últimas palabras de mi padre. Noté que iba a ponerme a llorar de un momento a otro y me puse a hablar muy deprisa para conseguir terminar antes de que se me cortase la voz:

—Mamá..., te prometo que estoy bien y que no me pasa nada..., te lo prometo..., os lo prometo a los dos..., y os prometo que mañana por la mañana estaré otra vez en casa..., y de verdad que no estoy haciendo nada malo..., de verdad..., os lo prometo...

Pero cuando llegué a este punto, ya estaba llorando.

—Blanca..., cariño... —repitió mi madre, y percibí que ella también empezaba a llorar—, no pasa nada..., si de verdad estás bien, no pasa nada..., no te preocupes..., sobre todo... tú estate tranquila y no te preocupes..., los papás no están enfadados contigo..., ¿me entiendes, cielo?..., no estamos enfadados..., y esperamos a que llegues..., ¿vale?..., mañana no iremos a trabajar y estaremos aquí esperándote..., ¿vale?

—Vale —dije.

—Ahora..., dime si necesitas algo.

—Nada. No necesito nada.

—Muy bien, tesoro..., pero si necesitas algo ya sabes dónde estamos.

—Sí, ya lo sé. Gracias, mamá.

—Adiós, cariño.

—Adiós, mamá.

Me quedé un instante con el auricular en la oreja, esperando a que colgase, pero no lo hizo.

—Oye... —dije.

—Sí, cielo —respondió enseguida.

—Dile a papá que no sufra, por favor.

—Claro que no. Papá es nuestro chico duro y no sufre. Le tengo aquí, al lado, ¿quieres que se ponga otra vez?

—No...., no..., tengo que colgar.

—Adiós, tesoro.

Cuando dejé el aparato en su sitio me fui hasta uno de los escalones que subían al piso de arriba y me senté en él. Entonces, me derrumbé. No podía dejar de llorar.

Al instante, noté que *Viernes* se sentaba a mi lado y me pasaba un brazo por la espalda.

Yo dejé caer mi cabeza en su hombro y seguí llorando un buen rato antes de regresar juntos a la cabaña.

Tenía que haberme llamado la atención que mis padres no me preguntasen en ningún momento dónde estaba.

Yo no pensé entonces que habían visto en el visor del teléfono desde dónde había llamado: ellos supieron desde el mismo instante en que empecé a hablar dónde me encontraba. Y supongo que no me lo dijeron para no alertarme.

Viernes y yo regresamos a la cabaña, abrimos todas sus ventanas, y ya no recuerdo demasiado bien qué hicimos durante las dos o tres horas siguientes. Supongo que poco más que mirarnos y no saber qué decirnos ni cómo comunicarnos.

Sé que hubo un momento en que le puse encima de la mesa todo el dinero que llevaba. Quería explicarle que lo había cogido para él y que le serviría, al menos durante un tiempo, para no tener que llamar a ningún teléfono gritando que estaba pasando hambre.

Pero no me entendía o no quería entenderme, porque se quedaba mirando los arrugados billetes sin aproximar sus manos a ellos. Luego, levantaba la vista hacia mí con expresión indiferente.

Y sé que en aquel momento yo estaba siendo egoísta. Sé que estaba pretendiendo comprar con aquel dinero mi tranquilidad de conciencia y, en lo más hondo de mí, algo peor: librarme del vínculo que se había creado entre nosotros. Quería que *Viernes* cogiese aquellos billetes porque con ellos podría marcharse de la casa de la playa e iniciar una vida en la que ya no dependiera de mí.

Pero, cuando pasaron esas dos o tres horas y ya había caído la oscuridad, se abrió la puerta bruscamente, con un golpe seco propinado desde el exterior.

A través de ella entraron de inmediato, con movimientos veloces y rígidos, dos policías de uniforme.

Llevaban en la mano sus pistolas, apuntando hacia el suelo. Tras unas cuantas miradas rápidas a su alrededor, se quedaron quietos, con la espalda pegada a una de las paredes de la cabaña y los ojos fijos en nosotros, sin apenas parpadeos.

Poco después, uno de ellos se volvió hacia el exterior y susurró algo que no pude entender. Entonces, vi aparecer la cara congestionada de mi padre, que se abalanzó sobre mí y, sin decir ni una palabra, me abrazó y me levantó en el aire sacándome fuera, como si pretendiera ponerme a salvo de algo.

Allí vi, por encima de su hombro, que había dos o tres policías más que me miraban con expresión seria.

Ni mi padre ni yo dijimos nada durante un buen rato: yo, porque no sabía qué podía decir en ese momento, y él, seguramente, porque se lo impedía la respiración rápida y profunda que yo oía a través de mi oreja pegada a su mejilla.

Al poco tiempo oí unos murmullos a mi espalda y me volví. *Viernes* salía de la cabaña llevado del brazo por uno de los agentes.

Agité las piernas y, con los brazos, separé mi cuerpo del de mi padre.

Me puso en el suelo. Tomé impulso para soltarme, quería ir al encuentro de *Viernes*, pero mi padre me mantuvo sujeta, con sus manos sobre mis hombros.

Creo que no grité, creo que no me puse a llorar, solo musité, levemente, con un hilo de voz, «*Viernes...*», sin poder apartar mis ojos de los suyos, también fijos en mí.

Estuvimos unos segundos todos quietos, como si se hubiera congelado el tiempo, hasta que alguien hizo un gesto y los agentes que le agarraban comenzaron a moverse, llevándoselo con ellos.

Quizá os imaginaréis que *Viernes* en ese momento intentaría liberarse y correr desesperadamente hacia mí, o que estallaría en sollozos, o que extendería sus bracitos y gritaría «¡¡*A... lanca*!!» o algo parecido..., pero no hizo nada de eso: aceptó que se lo llevasen con un conformismo resignado, como si se tratara de una fatalidad para la que estaba preparado desde el principio. O como si, más maduro que yo, hubiera sabido que este era el único final posible a su aventura.

Yo tampoco hice nada.

Nada.

Nada, salvo susurrar de nuevo «*Viernes*» y notar que las manos de mi padre, al escucharme, se cerraban un poco más sobre mis hombros.

Nada.

No hice nada.

Los sucesos posteriores se desdibujan como si hubiera estado envuelta por una nube, y los sonidos llegasen a mí desde el exterior..., lejanos..., amortiguados...

Me sentía aislada de todo lo que me rodeaba.

Recuerdo vagamente una conversación de mi padre con los policías, en la que les pedía disculpas por el revuelo armado.

Por fin, todos se despidieron y nos quedamos los dos solos allí, en el jardín de la parte trasera de la casa, frente a la cabaña y sin movernos, hasta que oímos que los coches arrancaban y se marchaban.

Solo entonces, cuando mi padre debió pensar que ya no había peligro de que entre *Viernes* y yo se produjera otro cruce de miradas, se puso en movimiento.

Mientras atravesábamos los senderos apenas iluminados de la parte delantera, sacó el teléfono móvil de su bolsillo, marcó un número y, un instante después, le escuché el nombre con que llamaba familiarmente a mi madre, y, a continuación, unas cuantas frases, bastante escuetas:

—Todo solucionado. Ya tengo a Blanca conmigo y la llevo a casa. Está perfectamente. Perfectamente. No le ha pasado nada. Solo ha sido una travesura. Ya te contaré... —luego, se volvió hacia mí y, sin apartarse el móvil de la boca, con una sonrisa que pretendía tranquilizarme, me guiñó un ojo y añadió—, o, mejor, ella nos contará.

IV

Esas dos veces que pronuncié su nombre mientras se lo llevaban fueron, durante bastante tiempo, lo último que dije.

Pasé la mayor parte de los días que siguieron metida en la cama y callada.

No me preguntéis qué pasaba por mi cerebro porque no sabría explicároslo.

Solo puedo deciros que en él se agolpaban y sucedían sin tregua las imágenes y las palabras. Tantas imágenes y tantas palabras que yo no podía decir nada. Como si no hubiese un resquicio de silencio por el que pudiera pasar mi voz.

Recordaba cuando le vi por primera vez, con su cara de susto emergiendo detrás de la hamaca, el blanco de sus ojos brillando a ras del respaldo..., y la avidez con que se comió el helado que yo llevaba en las manos, casi aplastándolo contra sus labios...

Volvía a mí continuamente aquella primera risa que le conocí, en respuesta a la mía al decirle mi nombre.

Reconstruía en mi imaginación aquella noche que pasamos juntos mirando el cielo, nuestras cabezas apoyadas una en la otra.

Veía de nuevo sus ojos enormes cuando levanté el vestido con que se había cubierto dentro del armario en que lo había dejado encerrado..., y su risa de pájaro luego, un poco más tarde.

No podía olvidar aquel momento en que, como si adivinase mi desesperación porque no lograba que me entendiese, levantó su mano hasta mi pelo y lo acarició, y yo, entonces, pude comprender perfectamente lo que me estaba diciendo: *No te preocupes, Blanca, no te preocupes tanto, lo que me haya de suceder, sucederá, no pasa nada, nada tiene importancia...*

Y revivía aquella última ocasión en que me despedí poniéndole un libro en el pecho y, al volverme, vi que una lágrima se deslizaba por aquel pómulo infantil y negro.

Pero por encima, o por debajo, o al mismo tiempo que todas esas imágenes, siempre aparecía la misma, una estampa que nada podría eliminar ni modificar, definitivamente congelada en su eternidad de infierno: *Viernes* llevado del brazo por aquellos policías, desapareciendo de mi vista sin que yo moviera un dedo para evitarlo.

Porque quizá esa era otra de las razones de mi silencio: el remordimiento.

Recordaba que no había corrido en su ayuda..., que no había intentado aferrarme a él ni detener a los hombres que se lo llevaban..., que ni siquiera le había rogado a mi padre que hiciera algo... Quizá si me hubiera colgado de sus brazos..., quizá si le hubiera mirado a los ojos y suplicado que evitase lo que estaba sucediendo..., quizá si al menos hubiese llorado..., pero no hice nada..., no pude hacer nada porque sentía como una malla rígida envolviendo mis miembros, y una bola espesa atravesada en mi garganta..., y solo pude decir su nombre ese par de veces, ese nombre que para nadie significaría nada..., y con una voz tan leve que, seguramente, ni él pudo oírlo.

Viernes solo había visto mi quietud, esa quietud que debió de parecerle simple indiferencia. Y de la misma manera que yo no podía dejar de recordarla, él tampoco podría olvidarla. Quizá por eso se dejó llevar sin hacer nada por evitarlo.

Y, finalmente, como si quisiera hacer insoportable mi tormento, como si nada pudiera permitirme un segundo de descanso, acudían otras escenas a mi cabeza.

Pero estas eran mucho peores, porque no se apoyaban en recuerdos, sino que se sustentaban solo en mi imaginación..., y mi imaginación se desbocaba en su horror: en mi cerebro construía ese mundo desconocido y terrible que se encontraba al otro lado del mar y que dejó mudo al amigo de mi abuelo..., y desde el que Viernes había venido y al que ahora le harían regresar.

Y luego..., las palabras.

Las palabras...

Ya os he dicho que también las palabras se agolpaban en mi cabeza. Porque ese silencio en el que yo parecía sumida era solo un silencio externo.

Dentro de mí, oía continuamente:

—*A... lanca*

—*Viehd... nejs*

—*Hm... brae*

Pero las palabras que más me dolían eran las que yo no había podido decirle cuando se lo llevaron.

Solo dos:

—*Lo siento.*

Ahí estaban esas dos palabras, todo el tiempo, constantes:

—Lo siento.

Una y otra vez:

—Lo siento.

Incansablemente:

—Lo siento.

—Lo siento.

—Lo siento.

A fuerza de oír en mi interior esa pequeña frase tantas veces repetida, un día sentí que si no la vertía aunque fuese brevemente al exterior acabaría envenenándome, y cuando estuve segura de que nadie podía oírme, dije en voz muy baja:

—Lo siento..., lo siento..., lo siento tanto..., *Viernes*..., siento tanto que por mi culpa...

Y no pude terminar porque de nuevo, como cuando se lo llevaron, se me atravesó una bola en la garganta.

Una bola tan agria y tan amarga que hizo que me pusiera a llorar.

Mis padres se pidieron por turno permisos en el trabajo para no dejarme sola. Pasaban buena parte del tiempo sentados al lado de mi cama. A veces, uno solo. A veces, los dos juntos.

También recuerdo la presencia de algunos familiares que les sustituían a ratos, en ocasiones durante días enteros.

Y vinieron a verme un par de médicos.

El primero de ellos, llegó al día siguiente de mi vuelta a casa: me auscultó, me tomó la temperatura, el pulso, me miró la lengua, me levantó los párpados, me tocó el estómago, me palpó el cuello..., todo el rato sonriendo, hablando y haciéndome preguntas sencillas en tono cariñoso, aunque yo permaneciese en silencio. Luego, estuvo un rato con mis padres en el comedor, se marchó y ya no le volví a ver.

Después de su visita, mis padres entraron en el cuarto y se les notaba animados.

El segundo, en cambio, vino varias veces. Este no me tocó ni me miró nada, y sonreía menos que el anterior. Se sentaba en una silla a mi lado y hablaba y hablaba y hablaba..., sin parar..., me preguntaba cosas extrañas. También me pidió algunas veces que le hiciese dibujos, y otras, que escribiese lo que se me ocurriera en un papel. Yo me quedaba mirándole, pero no hacía nada. Y sentía que a él le molestaba mucho mi actitud. Tras la visita también este hablaba un rato con mis padres.

Pero, después, ellos entraban en la habitación y, aunque trataban de disimularlo, tenían aspecto deprimido.

Y de la misma manera que antes os he dicho que no sabría explicaros exactamente lo que pasaba en mi cerebro todo el tiempo que permanecí callada, tampoco me veo muy capaz ahora de describiros el camino por el que se llegó al fin de aquella situación.

Solo recuerdo que un día, este segundo médico del que os he hablado terminó su visita, y, como siempre, habló con mis padres en el comedor, y luego, también como siempre, entraron ellos tratando de disimular su preocupación.

Pero en esta ocasión, al rato de estar a mi lado, mientras yo permanecía con la mirada fija en el techo, noté una pequeña conmoción donde ellos estaban sentados.

Me volví y vi que mi madre tenía la cabeza agachada y la mano sobre los ojos.

Aunque ocultaba su cara, supe enseguida que estaba llorando, porque todo su cuerpo temblaba.

Mi padre le había pasado un brazo por encima de sus hombros y, al ver que yo les estaba observando, presionó ligeramente con su mano libre en la pierna de mi madre, como advirtiéndola o pidiéndole que se calmase en mi presencia.

Se volvió hacia él y siguió la dirección de sus ojos hasta los míos.

Nos quedamos mirándonos la una a la otra durante un buen rato. Ella, con la mirada turbia y húmeda; yo, con un dolor que me rasgaba el alma, con un dolor que me rasgaba todo lo que pudiera rasgarse dentro de alguien.

Por fin, mi madre, suavemente y sin dejar de mirarme, sin parpadear pese a las lágrimas, sin ni siquiera pasar su mano por la mejilla para secarlas, empezó a hablarme:

—Blanca..., por favor..., dinos algo..., dinos qué te pasa..., lo que sea..., te lo estoy pidiendo por favor..., háblanos..., ¿qué te hemos hecho?..., dinos lo que quieras..., pero, por favor, dinos algo..., di qué tenemos que hacer..., di qué quieres que hagamos...

Estuvo así un buen rato, mientras mi padre le acariciaba la cabeza, como si intentase tranquilizarla.

Yo la miraba, deseaba responder, pero seguía sin poder hablar.

Hasta que llegó un momento en que ella, de pronto, pareció calmarse y, entonces, con una expresión muy seria, me dijo:

—Déjame que te cuente una cosa..., un día volverás a hablar..., un día todo volverá a ser como antes..., llegará un día en que todo esto habrá pasado..., ¿pero sabes una cosa?..., ¿sabes qué es lo que más te dolerá entonces?...: este tiempo perdido..., este tiempo de sufrimiento tuyo y nuestro... Lo que más te dolerá entonces será este silencio que no sabrás explicarte ni explicarnos..., te dolerán cada uno de los minutos, horas y días en que habrás sido desgraciada y nos habrás hecho desgraciados..., y te dolerán porque ni tú ni nosotros podremos recuperarlos..., quizá llegará un día en que serás capaz de contarlo como se cuenta una pesadilla o un mal sueño..., pero en el fondo te sabrá muy mal recordarlo y no poder volver atrás para evitar que suceda..., porque una cosa como esta deja mucha más huella que las pesadillas..., una cosa como esta hace algo que no hace ningún mal sueño: mata el tiempo..., mata un tiempo precioso..., un tiempo que nunca podremos volver a vivir... ni tú ni nosotros...

En ese momento yo sentí como si algo comenzase a moverse en mi interior, y ella debió adivinarlo. Cambió el tono de su voz y fue como si ya no estuviera dispuesta a seguir conteniéndose ni a acatar las instrucciones que le hubieran dado sobre mí:

—¿Es que te crees capaz de no volver a hablar jamás?..., ¿te crees capaz de eso?..., pues te equivocas..., ¿me oyes? Te equivocas...; suelta de una vez lo que lleves dentro..., sea lo que sea..., y cuanto antes lo hagas, mejor..., menos te arrepentirás luego..., porque te lo advierto: no hay nadie que haya conseguido permanecer callado toda su vida...

Entonces, aún no sé lo que me impulso a hacerlo, pero poco a poco abrí los labios y dije:

—Un amigo del abuelo lo hizo.

A partir de ese momento, algo se fue abriendo dentro de mí. Y esto no es solo una frase hecha: es lo que describe con mayor exactitud lo que me pasó. Algo se abrió dentro de mí y, por ahí, pudo empezar a asomarse mi voz. Primero, fue solo un resquicio para esa frase aislada que le dije a mi madre, y, luego, poco a poco, todas las demás presionaron contra esa pequeña grieta y consiguieron agrandarla.

Les hablé de esas imágenes y esas palabras que no habían dejado de acosarme todo el tiempo que permanecí en silencio.

Les expliqué cómo se comió *Viernes* aquel helado..., y cómo se reía cada vez que me reía yo..., y cómo pasamos una noche en el jardín..., y cómo lo dejé una vez encerrado en un armario..., y cómo otra vez levantó su mano y acarició mi pelo..., y cómo brillaba sobre su piel negra aquella lágrima solitaria el día que nos despedimos...

Y cómo pronunciaba mi nombre..., y cómo pronunciaba el que yo le había puesto..., y cómo decía la otra única palabra que le había oído: hambre.

Y también les conté mis remordimientos..., mis remordimientos por no haber hecho nada por salvarle..., mis remordimientos por ser la culpable de que le hubiesen atrapado..., mis remordimientos por haber deseado en el fondo librarme de él con aquel dinero..., todos esos remordimientos que me habían estado devorando por dentro.

Y les hablé de mi dolor por no haberle podido decir ni siquiera... *lo siento*.

Y del rencor. También tuve que hablarles del rencor.

Del rencor que sentía hacia ellos..., hacia ellos, que habían llamado a aquellos policías con pistolas en la mano para llevarse a un niño indefenso.

Entonces, me explicaron que habían pensado que alguien me había cogido por la fuerza o me había convencido para que le llevase a nuestra casa de la playa. Y por eso hicieron todo lo demás. Temieron que yo estuviese en peligro.

Y, luego, trataron de convencerme de que aquello iba a ser lo mejor para él, que allí donde se lo habían llevado lo cuidarían, le tratarían bien, le atenderían en todo lo que necesitase..., hasta que pudieran llevarlo al lugar del que había venido.

Y entonces, me quedé callada. Mirándoles y callada. Un buen rato. Hasta que empezó a temblarme la mandíbula y noté de nuevo esa bola amarga en la garganta.

Creo que les di la espalda. No lo recuerdo muy bien, pero creo que les di la espalda.

Y también creo que fue así, de espaldas a ellos y haciendo esfuerzos por tragarme la bola amarga, como les pregunté si no sabían lo que eso significaba..., si no sabían qué lugar era ese al que iban a enviarlo..., si no sabían que el abuelo tuvo un amigo que no volvió a hablar después de verlo..., y tuve que contarles que más allá del horizonte había cosas que te hacían perder las palabras..., y que yo sabía que esas cosas existían porque las había visto en los ojos asustados de *Viernes*..., y en lo ojos de los que llegaron con él en aquella barca..., y en los ojos de los que estaban moribundos en medio del agua..., y en los de aquellos otros que estaban tirados en la arena...

A ese lugar era al que iban a devolver a *Viernes*..., al lugar que ponía en los ojos de la gente, para siempre, miradas como aquellas.

Ellos se quedaron callados, sin saber qué podían decirme.

Fue mi madre la que, seguramente, para acabar con aquel silencio, me preguntó:

—¿Por qué le pusiste ese nombre?

Yo les conté que lo había sacado del libro que estaba leyendo al principio de las vacaciones.

Sonrieron, pero tímidamente, como si temieran molestarme.

—Yo también lo leí de joven —dijo mi madre—. Es una buena historia, ¿verdad?

Asentí con la cabeza.

—Era la misma historia —respondí.

—¿La misma historia? —dijo ella.

—La historia de ese libro era igual que la nuestra...

—Pero... —dijo mi padre—, lo que leíste no es más que una novela..., solo una novela..., una cosa que alguien se inventó..., y ese libro..., yo también lo he leído, y ese libro no tiene nada que ver con él ni contigo.

—Sí que tiene que ver —le respondí—. Tiene mucho que ver. Con él y conmigo.

Se quedaron mirándome, en silencio. Yo quería explicarles, pero no sabía cómo. Por fin les dije:

—¿Es que no os dais cuenta?..., ¿es que no os acordáis de que en ese libro *Viernes* también huía de quienes querían atraparle?..., ¿es que no os acordáis de que Robinson le dio cobijo y cuidó de él?

No decían nada. Me miraban como si les estuviera hablando en un idioma diferente, pero yo creo que, en el fondo, me entendían demasiado bien. Añadí:

—Pero Robinson consiguió salvarlo para siempre. No como yo. Sus enemigos nunca volvieron a cogerlo.

—Tu *Viernes* no tiene enemigos, Blanca —me dijo mi madre, dulcemente—. Y tú no eres Robinson ni tienes nada en común con él.

—Nada, Blanca —añadió mi padre, también en un tono suave, tratando de hacerme comprender.

Sin embargo, era yo la que necesitaba que ellos comprendiesen..., que entendiesen..., necesitaba incluso entenderlo yo misma..., necesitaba explicarles que Robinson y yo teníamos mucho en común..., y noté que iba a llorar:

—¿No habéis pensado nunca en lo solo que estaba Robinson hasta que encontró a *Viernes*?... ¿No os habéis parado nunca a pensar en eso?..., ¿en lo solo que estaba en esa isla?..., ¿no podéis siquiera imaginarlo?

Mientras les daba la espalda para salir de la habitación, añadí:

—Yo, sí. Yo siempre he podido imaginarme esa soledad..., perfectamente.

Me fui a mi cuarto y me tiré en la cama boca abajo.

No pude oír en mucho rato ningún sonido en el resto de la casa. Como si ellos permanecieran inmóviles donde yo los había dejado.

V

Ahora sé todo lo que pasó durante los días que siguieron a esa conversación, por eso puedo contarlo aquí. Pero lo cierto es que no me enteré hasta bastante más tarde, hasta que creyeron que ya era posible decirme lo que habían estado haciendo.

A la mañana siguiente mi padre empezó a dar los pasos que creía necesarios para saber qué había sido de *Viernes*.

No tenía la menor idea de lo que hacían las autoridades en esos casos, y, aunque pensaba que ya habría sido devuelto a su país, quería obtener, al menos, algún dato positivo que le permitiese aliviar un poco mi tristeza.

Hizo decenas de llamadas telefónicas en las que solo le dieron información sobre temas generales, pero donde le notificaban que carecían de datos sobre personas concretas. Visitó despachos en los que solo conseguía que lo mandasen a otros despachos. Recorrió oficinas de pasillos infinitos y esperó en vestíbulos durante horas. Consultó interminables papeles y documentos. Encontró gente amable y tropezó con otros que no lo eran tanto. Pero venció a unos y convenció a otros, hasta tener la información que buscaba.

Alguien le habló de un centro de acogida algo lejano al que se destinó, en su momento, a las personas que llegaron en la misma barca, y le dijo que a *Viernes* lo mandaron también allí, para que se reuniese con ellos.

Se propuso ir hasta ese lugar con la ilusión de contarme a su regreso, por fin, todo lo que había estado haciendo sin que yo supiese nada, y, también, deseando poder decirme que *Viernes* estaba bien, que se le veía contento por haberse reunido posiblemente con sus padres, por encontrarse en medio de su gente y, quizá, de otros niños como él.

Hasta se había planteado la posibilidad de que, si realmente era así y, además, se trataba de un sitio agradable, pedir permiso para ir a visitarlo mientras aún estuviese allí. Entonces, cuando tuviesen la seguridad de que eso no podía hacerme daño, llevarme a verlo y a pasar algún rato con él.

Mi madre no se mostró muy de acuerdo, porque pensaba que eso solo alargaría mi pena y me provocaría un segundo sufrimiento cuando llegase el momento de la separación definitiva. Y también, por la posibilidad de que los padres de *Viernes* me guardasen rencor por ser la causante de haberlo mantenido lejos de ellos, probablemente en la creencia de que había muerto ahogado y no se había recuperado su cuerpo.

Él, sin embargo, dijo que cualquier cosa era mejor que dejarme con el dolor que ahora sentía y con esa escena grabada en la cabeza, para siempre, de los policías llevándose a *Viernes* cogido del brazo hacia el destino terrible que yo había imaginado.

Por fin, fue allí.

Y no le encontró.

Le informaron de que, efectivamente, había pasado unos cuantos días en aquel centro, pero que nadie de los que estaban allí dio muestras de tener ningún lazo familiar con él ni conocerlo de otra cosa que de haberlo visto en la barca.

También le dijeron que les había parecido entender que *Viernes* se había metido en aquella barca sin que nadie se diese cuenta, escondido entre los fardos, y que los que iban en ella solo descubrieron su presencia cuando ya llevaban un tiempo navegando.

Pero le advirtieron que toda esa información solo habían podido adivinarla, porque esa gente provenía de regiones remotas y aisladas, donde se hablaban dialectos para los que apenas se disponía de intérpretes, y además, en muchos casos, se esforzaban en no hablar ninguna lengua identificada para evitar que descubrieran sus lugares de origen e impedir así que los enviaran de regreso a sus países.

—Parece increíble —le dijeron—: prefieren permanecer aquí en cualquier situación que ser enviados allí de nuevo.

Mi padre me contaría más tarde que al oír esto se acordó de lo que yo le había dicho acerca del amigo de mi abuelo, y respondió:

—No es increíble.

El que hablaba con él se encogió de hombros y asintió.

—Entonces..., ¿qué ha sido de él? —preguntó mi padre finalmente.

Y aquel hombre le dijo que habían enviado a *Viernes* a otro lugar. Un sitio en el que solo había niños que no tenían a nadie que se hiciese cargo de ellos.

Allí fue donde mi padre le vio a la luz del día por primera vez.

Aunque solo pudo hacerlo desde alguna distancia, fue suficiente para que su imagen se le atravesase en el corazón como un dolor sordo y constante.

Cuando volvió a casa se lo contó a mi madre:

—Estaba allí, en un rincón, sentado en el suelo..., yo lo miraba desde el despacho de la directora, a través de una cristalera desde la que se ve todo el patio..., y aunque estaba bastante lejos, podía ver bien la expresión de su cara..., y... no te imaginas cuánta tristeza. No te la puedes imaginar...., cuánta tristeza. Había un montón de chiquillos correteando por allí, de todas las razas, gritando en todos los idiomas..., unos jugaban con un balón, otros se perseguían, otros hacían corros, y se empujaban o se reían..., pero solo él y dos o tres más estaban separados del resto, separados incluso entre ellos mismos..., serios, tristes. La directora estaba a mi lado y le pregunté. Me dijo que siempre sucedía eso con los recién llegados..., que les costaba adaptarse..., que solo era cuestión de tiempo. Pero yo eché mis cuentas y pensé que él ya llevaba allí varias semanas. Así se lo dije..., le dije: «Pero él no es un recién llegado..., él llegó aquí hace bastante tiempo». Y ella, como si hubiera sido descubierta en un error, asintió bajando la cabeza, me dio la razón y solo dijo: «hay casos y casos».

Mi padre se quedó un instante en silencio, y al ver que mi madre se había puesto triste, trató de aliviarla diciendo:

—De todos modos, no es un mal lugar...,

no, no es un mal lugar. Hay que reconocer que se les ve a todos limpios... y bien alimentados. Sí..., bien alimentados. Y llevan buena ropa..., dentro de lo que cabe, claro.

Sin embargo, no pudo evitar añadir para sí mismo, mientras le daba la espalda:

—Pero *Viernes*... allí está muy mal. De eso no cabe duda..., *Viernes* allí está muy mal.

Mi madre, cuando oyó esto último y oyó que él, de pronto, también le llamaba *Viernes*, se le atravesó en el corazón el mismo dolor sordo y constante.

Y ella entonces, sin decirle nada a nadie, ni siquiera a mi padre, fue a ese centro.

Desde el despacho de la directora vio también a los niños en el patio de recreo.

Esta vez, *Viernes* no estaba sentado en el suelo. Paseaba entre los grupos de chiquillos y,

de vez en cuando, se paraba en alguno de ellos. Pero permanecía allí poco rato, como un espectador casual, sin interesarse demasiado ni participar en nada.

—Usted comentó que había *casos y casos* —dijo mi madre sin dejar de mirar hacia el patio a través de la cristalera—. ¿Por qué es *Viernes* uno de esos *casos*?

—¿*Viernes*? —preguntó la directora, a sus espaldas.

—Sí. Déjeme que le llame así. Es el nombre que le puso mi hija.

—Ah..., sí. Ya me lo contó su marido cuando estuvo aquí..., toda esa aventura que vivieron. En el fondo, es una historia muy bonita.

—Bonita..., pero ha tenido un final triste.

—Sí. Es cierto.

—Volviendo a lo que le decía, supongo que se refería a que hay casos más difíciles que otros..., ¿qué es lo que hace difícil el caso de *Viernes*?

—En fin..., hemos podido saber algo de su historia antes de subirse a la barca..., y no es como para divertirse. Desde luego, no tiene un pasado de esos que hacen a los niños alegres. Aunque, la verdad es que casi ninguno aquí lo tiene. Pero lo cierto es que el suyo no es de los mejores.

—¿Qué quiere decir?

—Hemos conseguido averiguar aproximadamente su lugar de origen, y hemos localizado a algunas personas de esa misma zona que pudieron hablar con él y nos contaron. No le doy detalles porque él tampoco los ha dado..., pero la región de la que procede... es una pesadilla. No: ni en la peor pesadilla sería capaz de imaginar aquello. Aunque él, en realidad, es como si lo hubiera eliminado de sus recuerdos. Más bien lo sabemos por esas otras personas que trajimos y que nos hablaron de lo que... ¿le llamó *Viernes*?...

—Sí.

—... de lo que *Viernes* tiene que haber vivido antes de salir de allí.

—¿Y su familia?

—Es imposible localizarla.

—¿De ninguna manera?

La directora se quedó un momento callada y, por fin, en tono concluyente, dijo:

—Mire, en esa región, a veces, de la noche a la mañana, pueblos enteros... *desaparecen*. Y no por causas naturales. Y es muy posible que él haya presenciado eso..., es muy posible que viese *desaparecer* ante sus ojos a la gente que le había rodeado desde que nació. Y que por algún milagro se salvase.

Ahora fue mi madre la que se quedó callada. Al rato, preguntó:

—¿Y cómo logró llegar hasta esa barca?

—Seguramente anduvo vagabundeando hasta que vio el mar y a ese grupo de gente preparando su marcha. Según dijeron, aprovechó la oscuridad para esconderse entre los bultos que llevaban.

Mi madre se dio la vuelta y dejó de mirar a través de la cristalera:

—Y ahora, ¿qué van a hacer con él?

—No lo sabemos. Si tuviera familia ya se le habría enviado allí de regreso. Incluso no teniéndola, también, si no fuera porque su país se encuentra en la situación que se encuentra. Pero en las circunstancias que se dan allí..., no se puede sin nadie que se haga cargo de él.

—¿Entonces?

—Entonces, se quedará aquí..., como un refugiado más..., hasta que alguien quiera acogerlo o hasta que pueda vivir por su cuenta.

—Para eso último aún falta mucho tiempo.

—Sí, mucho. Y en cuanto a acogerlo..., no es fácil en un niño de su edad y sus características.

Mi madre fue hasta una silla y se sentó:

—Estaba pensando... si sería posible venir a visitarle de vez en cuando.

—¿Usted?

—Bueno..., sí, yo o mi marido..., pero con Blanca, mi hija, ella es la que le echa mucho de menos..., y quizá le haría bien verlo..., saber que, al menos, está atendido. Y que no ha sido enviado de regreso a ese infierno.

—¿Blanca es el nombre de su hija?

—Sí, claro.

—¿Y él..., sabía que se llama así?

—Creo que sí.

La directora se quedó unos instantes pensativa, mirando fijamente a mi madre.

—Es curioso —dijo cuando apartó la vista.

—¿Qué es curioso?

—No sé..., nada..., una tontería que se me acaba de ocurrir.

—¿A qué se refiere?

—Él..., a veces..., al principio de estar aquí repetía una palabra que se parece mucho al nombre de su hija. Las personas que hicieron de intérpretes nos dijeron que no era ninguna palabra de su lengua, y que el niño parecía recordar a alguien llamado así. Pero ni ellos ni nosotros pudimos saber a quién se refería.

VI

Nunca sabremos si era cierto lo que dijo la directora. Nunca sabremos si era verdad que *Viernes* pronunciaba mi nombre. Yo, en realidad, a veces pienso que no, que todo fue una hábil maniobra de la señora para que mis padres se hicieran cargo de él.

Pero ahora ya es igual, si solo fue eso, si solo fue una treta urdida por ella, todos salimos ganando. Gracias a ello, un día, *Viernes* apareció por casa llevado de la mano por mis padres. Y ya nunca ha vuelto a marcharse.

Y sé que algún día iré a conocer a aquella señora y a darle las gracias por lo que hizo. A darle las gracias por haber sido capaz de crear esa ilusión. Porque a veces siento que la verdad necesita la ayuda de la ilusión.

Como hacía mi abuelo.

Aunque *Viernes* no llegó a conocerlo, hablamos los dos de él como si formase parte de la

vida de ambos. Porque lo cierto es que quizá, sin las fantasías de mi abuelo, nada de esto habría sucedido. Quizá si nunca me hubiera contado la historia de su amigo, esa historia que seguramente también fue una invención, yo no habría sabido que existen otras realidades, yo no habría visto nunca lo que vi en los ojos de *Viernes*, no hubiera sido capaz de percibirlo.

Y quizá él solo habría sido para mí un pequeño y desagradable intruso en mis dominios, un intruso que invadía el único y limitado mundo que para mí habría existido: el mío.

Por eso, y como si fuese un pequeño homenaje que le hacemos a mi abuelo, ahora todavía jugamos de vez en cuando a abrir libros por sorpresa, para descubrir si están escritos en chino.

Y también inventamos extrañas estrategias para que los objetos se crean que no hay nadie mirándolos y poder sorprenderlos en movimiento...

Y como nunca conseguimos ni una cosa ni otra, nos reímos... Sin embargo, a veces se queda ensimismado y es como si en sus ojos se abriese un lago de tristeza... o de miedo. Y yo no sé si es que ve nadar en ese lago imágenes de algún horror remoto que todavía no es capaz de identificar..., o, simplemente, imágenes de aquellos a los que no ha vuelto a ver...

A lo mejor son solo estampas de lugares..., lugares que abandonó y a los que quizá algún día, cuando se sienta preparado para hacerlo, quiera regresar..., y ese día iré con él, para ver de cerca todo eso que vio el amigo de mi abuelo, eso que está más allá del horizonte y al otro lado del mar.

Eso que deja sin habla al que lo mira de cerca.

Eso que duele aun sin haberlo visto.

Y, en fin..., ya está.

Ya he hecho lo que me pidieron.

Ya conocéis nuestra historia.

¿Tenían razón?

¿Es una de las más extrañas que jamás os hayan contado?

Índice

Escribieron y dibujaron…

Javier Sarti

—¿Blanca y Viernes *está basada en una historia real, en una noticia de la televisión?*

—Está basada en noticias e imágenes que todos hemos visto. Y, al mismo tiempo, también en *Robinson Crusoe,* que leí de niño y que se apoderó de mi imaginación durante bastante tiempo. De pronto, un día, me puse a pensar que valdría la pena construir un relato que uniese todo eso y que sucediera en la actualidad. Pero necesitaba encontrar lo que serviría para agruparlo. Y, entonces, tomó forma en mi cabeza una niña de diez años, que se llamaría Blanca, y un niño algo más pequeño, al que ella llamaría *Viernes,* y una playa... Poco a poco, fue haciéndose real. Porque la imaginación también forma parte de lo real.

—¿Considera importante que los niños de esta edad descubran otras realidades ajenas a la suya?

—Por supuesto. Deben ver y comprender que lo que les rodea es apenas un pequeño rincón de la realidad, y que el mundo y las posibilidades de la vida son algo infinitamente más variado que todo lo que ellos ven en su entorno. Al descubrir otras realidades desarrollarán en su interior cosas de verdad valiosas: la capacidad de entender lo diferente, la capacidad de imaginar lo diferente, la capacidad de amar lo diferente...

—*¿Qué le han parecido las ilustraciones?*

—Cuando uno escribe, no puede evitar formarse una idea aproximada de los personajes. Pero lo cierto es que yo no tengo una gran habilidad para componer imágenes visuales. Blanca y *Viernes* no pasaban de ser unas figuras algo borrosas, como difuminadas. Y ahora me doy cuenta de que las ilustraciones de Ximena Maier los ha puesto frente a mí tal y como siempre hubiera querido verlos. Y pienso que si yo aún no hubiese escrito esta historia y me encontrase frente a esas magníficas estampas que ella ha diseñado, me apetecería componer un relato a partir de ellas.

Ximena Maier

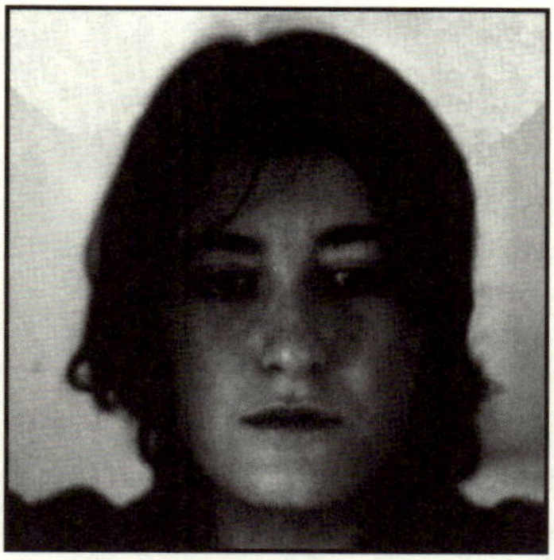

—*¿Qué técnica ha utilizado en* Blanca y Viernes? *¿Y por qué ha elegido estos tonos azules?*

—Casi siempre utilizo la misma técnica, que es muy sencilla. Dibujo a mano, con plumilla y tinta china, y luego coloreo con el ordenador. La plumilla permite una línea muy expresiva. El color lo doy con el ratón, de manera que tampoco controlo del todo las líneas, que quedan rotas a veces. El color no podía ser más que azul, siendo una historia de mar, playas y naufragios. Además, es mi color favorito.

—*¿Qué elementos del texto le han resultado más sugerentes para ilustrar?*

—Es una historia que baila todo el rato entre la fantasía y la realidad. Por un lado tenemos el mundo irreal de *Robinson Crusoe* y el de las historias del abuelo, y por otro la vida misma, en su aspecto más tremendo. Blanca intenta todo el tiempo unir los dos, y aplica soluciones de la fantasía a la realidad; de ahí que su aventura resulte tan increíble y tan real. He intentado fijarme sobre todo en el personaje de ella, en su vida real, pero intentando plasmar la posibilidad que siempre existe de que lo otro influya en la historia. Y por supuesto, he usado el paralelismo entre Robinson y Blanca y Viernes, que me parecía demasiado gráfico para dejarlo en el tintero.

—*¿Cómo le explicaría usted a un niño en qué consiste su trabajo?*

—Creo que es mucho más comprensible que para un adulto. Los mayores ya no dibujan, pero todos los niños siguen ahí con sus lápices y sus cuadernos, y saben muy bien lo que es tener que hacer un dibujo sobre un tema que les mande su maestro. Esencialmente, sigo igual que entonces, solo que ahora los que mandan los deberes son los editores, que hacen los libros, y no los profesores. ¡Y nunca te regañan por rellenar los márgenes de los libros de garabatos, porque resulta que ahora es tu trabajo, y encima te pagan!

SOPA DE LIBROS

A PARTIR DE 10 AÑOS

OPERACIÓN YOGUR
(n.º 2)
Juan Carlos Eguillor

LA CASA DEL ÁRBOL
(n.º 9)
Bianca Pitzorno

UNA NARIZ MUY LARGA
(n.º 10)
Lukas Hartmann

LOS CAMINOS DE LA LUNA
(n.º 11)
Juan Farias

LAS RAÍCES DEL MAR
(n.º 12)
Fernando Alonso

LA BOLSA O LA VIDA
(n.º 17)
Hazel Townson

ALAS DE MOSCA PARA ÁNGEL
(n.º 22)
Fina Casalderrey

CLOROFILA DEL CIELO AZUL
(n.º 23)
Bianca Pitzorno

JALEO EN EL TEJADO
(n.º 29)
Hazel Townson

CHICAS AL RESCATE
(n.º 32)
Bruce Lansky

EL MISTERIOSO INFLUJO DE LA BARQUILLERA
(n.º 34)
Fernando Alonso

EL CHÁPIRO VERDE
(n.º 36)
Marilar Aleixandre

EL CUADERNO DE LUISMI
(n.º 37)
Pablo Barrena

LOS CABALLOS DE MI TÍO
(n.º 38)
Gonzalo Moure

LA GUÍA FANTÁSTICA
(n.º 39)
Joles Sennell

UN CESTO LLENO DE PALABRAS
(n.º 42)
Juan Farias

LAS BOTAS ROJAS
(n.º 45)
Karlos Linazasoro

ÓYEME CON LOS OJOS
(n.º 54)
Gloria Cecilia Díaz

CON LOS PIES EN EL AIRE
(n.º 62)
Agustín Fernández Paz

POM... POM... ¡POMPIBOL!
(n.º 68)
Javier Sáez Castán

PALABRAS DE CARAMELO
(n.º 72)
Gonzalo Moure

TIEMPO DE MISTERIOS
(n.º 74)
Manuel L. Alonso

LA GÓNDOLA FANTASMA
(n.º 78)
Gianni Rodari